Truus Matti

Apfelsinen für Mister Orange

Aus dem Niederländischen
von Verena Kiefer

Oetinger Taschenbuch

MIX
Papier aus verantwortungsvollen Quellen
FSC® C014496

Das für dieses Buch verwendete FSC®-zertifizierte
Papier Danube liefert Salzer Papier, St. Pölten, Austria.
Der FSC® ist eine nicht staatliche, gemeinnützige Organisation,
die sich für eine ökologische und sozialverantwortliche
Nutzung unserer Wälder einsetzt.

2. Auflage 2017
Oetinger Taschenbuch in der Verlag Friedrich Oetinger GmbH,
Poppenbütteler Chaussee 53, 22397 Hamburg
Mai 2015

Originaltitel: *Mister Orange*

Aus dem Niederländischen von Verena Kiefer
Umschlagillustration: Felix Eckardt
Druck: GGP Media GmbH,
Karl-Marx-Straße 24, 07381 Pößneck, Deutschland
ISBN 978-3-8415-0331-2

www.oetinger-taschenbuch.de

New York
März 1945

Linus fliegt. Er springt über Pfützen, schwebt über Bürgersteige, bewegt sich im Zickzack zwischen den Fußgängern hindurch, weicht Gegenverkehr aus. Er ist nicht zu bremsen, er hat Flügel bekommen; je schneller er läuft, desto weniger strengt es ihn an. *Das machen meine Schuhe,* denkt Linus. Sie passen ihm wie angegossen. Nicht mehr zu groß und nicht zu klein, heute ist es, als wären sie speziell für ihn angefertigt worden.

Es ist viel los auf der Park Avenue, jemand ruft ihm nach, *pass auf, wo du läufst, junger Mann*! Aber es klingt eher unbekümmert, nicht entrüstet. Wie könnte jemand wütend sein an einem Tag wie heute? Die Sonne hat endlich begriffen, dass es schon Frühling ist. Linus rennt nach Norden, die Sonne im Rücken, sie leuchtet auf allen Gesichtern, die ihm begegnen. Der Regen der letzten Tage steht nur noch in den Pfützen, die das klare Licht widerspiegeln. Plötzlich bekommt er Lust, zum Fluss zu gehen, um die Sonne auf den Wellen des East River glitzern zu sehen.

Er biegt nach rechts ab. In die Querstraße dringen nur wenige Strahlen, wo die Sonne die Chance bekommt, zwischen zwei hohen Gebäuden hindurchzuscheinen. Linus rennt weiter, überquert die Lexington Avenue und wenig später die Third Avenue, er ist schon an der Second vorbei, als er einfach anhalten muss, um wieder zu Atem zu kommen. Er stützt die Hände auf die Knie, bleibt so stehen und keucht mitten auf dem Bürgersteig. Jemand rempelt ihn an, eine Jungenstimme ruft etwas, das Linus nicht versteht. Er richtet sich auf und schaut dem Jungen hinterher. Als er den Kopf abwenden will, bemerkt er etwas hinter einer Schaufensterscheibe. Linus geht darauf zu. In der Auslage sind ein paar Bilder zu sehen und in einer Ecke des großen Fensters hängt ein Plakat, das in dicken schwarzen Buchstaben etwas ankündigt. Aber seinen Blick angezogen hat das Foto neben dem Plakat. Hinter der dunklen Brille schaut ihn ein bekanntes Gesicht an, als wäre es die normalste Sache der Welt. Das Lächeln in einem der Mundwinkel sieht man nur, wenn man darauf achtet. Linus erwidert es, das geht von selbst. Es ist, als wäre es erst gestern gewesen, dass dieses Gesicht ihn aus der geöffneten Tür heraus ansah. *Linus! Komm rein …*

Auf dem Plakat steht eine Adresse. 11, West 53rd Street.

Der East River kann warten. Linus dreht sich um. Er muss den ganzen Weg zurück zur Park Avenue und dann noch ein gutes Stück nach Süden. Das ist kein Problem, mit Schuhen wie diesen und der Sonne im Gesicht.

New York
September 1943

1

Als Apke in den Krieg zog, bekam jeder von ihnen neue Schuhe. Nicht nigelnagelneu wie die blanken, hohen Armeetreter von Apke, die nach frischem Leder rochen und sich noch ganz steif anfühlten, sondern neu, wie sie es bei Linus zu Hause gewöhnt waren: Die alten Schuhe des einen wurden zu den neuen Schuhen des Nächsten in der Reihe.

Für Linus war es höchste Zeit. Damit er seine Zehen nicht bei jedem Schritt spürte, hatte er sich neuerdings angewöhnt, auf der Außenkante seiner Füße zu gehen. Er redete sich ein, das fiele nicht auf, aber den Traum ließ Rosie Donnelly gleich bei nächstbester Gelegenheit lautstark platzen: »He, Linus Mueller, auf die Nase gefallen? Oder musst du vielleicht dringend?«

»Lass sie doch schwatzen«, sagte Liam, als er Linus' roten Kopf sah. Liam hatte gut reden, der war mit der scharfen Zunge seiner älteren Schwester aufgewachsen. Ihn konnte sie nicht mehr so leicht treffen.

»Ist Linus endlich da?«, rief seine Mutter hinunter, als er die Ladentür aufdrückte. Es war Samstagnachmittag und im Laden war viel los. Sein Vater stand hinter der Theke und wog Tomaten für einen Kunden ab. *Beeil dich jetzt,* signalisierten ihm seine Augen. Im Laden bestand ihre Sprache aus Gebärden und Blicken. *Du weißt, wie deine Mutter ist, wenn du sie warten lässt.* In der letzten halben Stunde hatte sie natürlich bei jedem hereinkommenden Kunden dasselbe gerufen.

Jaja, ich gehe schon. Linus hob eine Hand und durchquerte das Geschäft. Im Raum dahinter stapelte Simon Kisten. Mit der schweren Einkaufstasche stieg Linus die Treppe hinauf. Oben standen vier Paar Jungenschuhe, von klein bis groß. Nur die mittlere Stufe war noch leer.

»Wo warst du denn bloß?« Seine Mutter kam mit einem Jutesack aus der Küche. »Gleich vom Einkaufen nach Hause, hatte ich gesagt. Du lässt Apke warten *und* den Schuhmacher. Wie soll er denn alle Schuhe an einem einzigen Nachmittag reparieren, wenn er sie zu spät bekommt?«

»Es war ungeheuer viel los überall.« Linus streifte seine Schuhe ab und reichte sie seiner Mutter in die ausgestreckte Hand. Vorsichtig drückte er seine Zehen, beugte und streckte sie, bis wieder Gefühl hineinkam.

»Simon ist aber schon längst wieder da und der musste weiter als du.« Zum Glück ging sie ganz darin auf, seine Schuhe zu inspizieren, und fragte nicht weiter. Linus war auf dem Weg nach Hause bei Liam vorbeigegangen und gemeinsam waren sie zur Fifth Avenue gelaufen, um vielleicht schon einen Blick auf die

Militärparade zu werfen. Alle Seitenstraßen waren abgesperrt, aber es würde noch eine Weile dauern, bis die Soldaten kamen. Zusammen mit Liam hatte er über dem Zaun gehangen, die Einkaufstasche zu seinen Füßen auf dem Boden. Ohne Autos wirkte die Straße noch breiter als sonst. Er stellte sich vor, wie dort gleich Tausende von Soldaten marschieren würden, in endlosen Reihen, bis ganz hinunter zum Washington Square Park. Soldaten, die am Abend auf riesigen Schiffen nach Europa auslaufen würden, um gegen Hitler zu kämpfen. Aber am Nachmittag würde ihnen erst noch ganz New York zujubeln. Ganz New York – nur Linus nicht, der zu Hause bleiben musste, weil seine Schuhe beim Schuhmacher waren.

Er hatte ihr die ganze Woche über in den Ohren gelegen und gebettelt, ob das nicht eine Woche später ginge, aber seine Mutter war unerbittlich. »Es wird noch mehr Paraden geben, als mir lieb ist«, sagte sie. Seine Mutter mochte den Krieg nicht. »Wenn wir Apke am Sonntag zum Zug bringen, müssen alle ordentlich aussehen.«

Seine Mutter war fertig mit ihrer Inspektion und steckte das letzte Paar Schuhe in den Jutesack.

»Apke?« Sie hielt den Sack hoch. »Neue Sohlen und Absätze, die Nähte überarbeiten und neue Schnürsenkel.«

»Albert«, korrigierte Apke. Seit er achtzehn und Soldat geworden war, wollte er, dass sie ihn bei seinem richtigen Namen nannten, aber niemand schaffte es, daran zu denken.

»O'Leary auf der 75th Street. Er wartet darauf, also beeil dich.«
Wortlos griff Apke nach dem Schuhsack. Seit einigen Tagen trug er seine Uniform, es war ihm anzusehen, dass ein Auftrag wie dieser eigentlich für einen echten Soldaten zu läppisch war. Aber er musste wohl. Von den Jungen war er der einzige mit Schuhen.
Linus schaute seinem Bruder sehnsüchtig hinterher. Die ganze Stadt voller Helden und er saß zu Hause wie ein Pantoffelheld auf Socken.
Der Boden des Lagers hinter dem Laden war kalt an Linus' Füßen, obwohl er drei Paar Strümpfe übereinandergezogen hatte. Er hatte einen ganzen Berg Möhren geschrappt, mit dem sein Vater eine Woche auskommen würde. Jedes Mal wenn die Ladenglocke ertönte, trat er einen Schritt zurück, um zu sehen, wer hereinkam. Wenn Apke sich beeilte, konnte er vielleicht noch das Ende der Parade miterleben.
Aber als Liam um halb fünf erschien und fragte, ob Linus mitkäme, war Apke noch nicht wieder aufgetaucht. Liam sagte, er habe gesehen, wie er am früheren Nachmittag den Laden von Werthers betreten hatte. Der verkaufte Zeitschriften und Rauchwaren, und es war der Ort, an dem sich alle trafen, um Neuigkeiten aus der Nachbarschaft oder über den Krieg auszutauschen. Apke wollte natürlich seine Uniform vorführen. Wenn er bloß die Schuhe nicht vergisst, dachte Linus besorgt, während er Liam zuhörte, der mit roten Wangen von endlosen Reihen von Soldaten berichtete, die echte Gewehre trugen und so stramm marschier-

ten, dass man Gänsehaut bekam. Und dass er das Dröhnen der Trommeln in seiner Brust gespürt hatte, so dicht dran war er gewesen.
Kaum hatte Liam zu Ende erzählt, wurde er unruhig. Er wollte zurück, das konnte Linus gut verstehen. Wenn Apke nicht bald käme, zur Not auch allein. »Kommt er denn bald?«, fragte Liam wiederholt. »Gleich wird es dunkel …«

Als Apke endlich nach Hause kam, war Liam schon längst wieder abgezogen.
»Darf ich kurz raus?«, fragte Linus. »Ich habe es Liam versprochen. Nur bis zur Fifth, einen Blick werfen und dann komme ich zurück.«
»Es ist der letzte Abend, an dem dein Bruder zu Hause ist«, sagte seine Mutter. Sie hob Sis aus dem Kinderstuhl. »Also bleiben alle zu Hause. *Auch* Apke selbst.« Sie drehte sich zu Apke um, der schon oben an der Treppe stand und hoffte, unbemerkt hinausschlüpfen zu können. Als hätte nicht schon die ganze Stadt seine Uniform gesehen.
»Albert«, korrigierte Apke. Statt einer Antwort reichte seine Mutter ihm Sis und räumte den Schuhsack aus.
Morgen würde Apke zur Armee gehen, aber heute hatte seine Mutter noch das Sagen. Daran änderten ein Paar glänzende Schuhe und eine Uniform rein gar nichts.

2 Die neuen Schuhe rochen nach Leim und Schuhcreme. Linus hatte die Spitzen mit Zeitungspapier ausgestopft und sie so fest geschnürt, wie es ging, aber bei jedem Schritt rutschten seine Füße ein wenig. Die Nasen waren ausgebeult; Simons Himmelfahrtszehen hatten sie jeden Tag hochgedrückt. Jetzt mussten Linus' Zehen versuchen, sie wieder nach unten zu kriegen. Er konnte Rosies spottende Stimme schon fast hören. *Schau dir bloß Linus an! Erst hatte er nur Segelohren, aber jetzt sind gleich zwei Stupsnasen dazugekommen!*

Es war der letzte Sonntag im September. Auf der Straße herrschte viel Betrieb und sie gingen hintereinander. Von groß zu klein, wie bei allen wichtigen Ereignissen. Ihr Vater voraus. Apke dicht dahinter, den Seesack über der Schulter. Mit dem neuen Armeekäppi überragte Apkes Kopf den ihres Vaters gerade ein wenig.

Die alten Schuhe von Linus waren jetzt die neuen Schuhe von Max, der hinter Linus ging. Max hatte den ganzen Sonntag geklagt, sie seien ihm viel zu groß und er wolle seine eigenen Schuhe wiederhaben, aber das ging nicht, denn die gehörten jetzt Wilke.

Es war ein langer Weg bis zur Grand Central Station und es schien, als würde ihr Vater immer schneller werden. Immer wenn Max über seine eigenen Füße stolperte, musste er Linus um die Mitte fassen.

»Es geht zu schnell für die Kleinen, Bertie!«, rief ihre Mutter über alle Köpfe hinweg nach vorn. Mit Sissie auf dem Arm bildete sie das Schlusslicht und schob Wilke vor sich her. Zwischen ihm und Max entstand eine Lücke, die immer größer wurde. Erst als Wilke anfing zu weinen, blieb ihr Vater stehen und hob ihn auf die Schultern. Gemeinsam mit Wilke überragte ihr Vater sie alle wieder um Längen.

Apke fuhr nicht sofort mit dem Schiff nach Europa. Er musste erst in ein Ausbildungslager, gemeinsam mit anderen Soldaten, die wie er noch nie im Krieg gekämpft hatten. Linus fand es jammerschade, dass Apke nicht in der Parade marschierte und ganz normal mit dem Zug abfuhr.

Aber als sie die riesige Halle der Grand Central Station betraten, überkam ihn ein feierliches Gefühl, als stünden sie in einer Kathedrale. Durch die Fenster hoch oben fiel das Sonnenlicht in schrägen Bahnen ein. Geräusche von Stimmen und Schritten hallten, aus der Ferne klangen Musikfetzen. Dicht hintereinander schoben sie sich durch die stattliche Halle.

Der Bahnsteig war grün vor Armeeuniformen. Es herrschte nervöses Gedränge, die Leute riefen und lachten durcheinander. Am Ende des Bahnsteigs spielte eine Militärkapelle Marschmusik.

Ihr Vater stellte sie ordentlich nebeneinander auf und danach wusste niemand so genau, was jetzt zu tun oder zu sagen war. Beim Abschiedsfest am Abend zuvor war die ganze Nachbarschaft vorbeigekommen. Es waren so viele gute Wünsche gerufen worden, dass nichts mehr übrig blieb.

»Also, mein Junge.« Ihr Vater streckte die Hand aus. »Mach einen Bogen um die Kugeln, du weißt ja.« Das war ein Scherz, den ein Nachbar gestern gemacht hatte. Apke nickte ein wenig dümmlich, umarmte ihren Vater und arbeitete, so schnell es ging, die ganze Reihe ab. Ihre Mutter, Sis noch auf dem Arm, hakte ihren freien Arm um seinen Hals. Sis grapschte mit einem klebrigen Fäustchen nach Apkes Haaren, und als er sich endlich befreit hatte und Sissies Hand leer war, griff sie nach seinem Käppi und warf es vergnügt krähend hinunter. Apke tauchte in der Menge ab, kam ein Stück entfernt wieder nach oben und schwenkte das Käppi lachend über seinem Kopf. Im Strom der Soldaten trieb er immer weiter von ihnen weg, zum wartenden Zug, die Stufen hinauf, bis er drinnen verschwand. Nach einer Weile steckte er irgendwo aus einem Fenster den Kopf heraus, aber noch bevor er etwas sagen konnte, wurde er weggezogen und es erschien ein fremder Kopf.

Die Musik hörte auf. Linus dachte, nun würde jemand eine Rede halten. Der Bürgermeister oder vielleicht ein General. Stattdessen knallte eine Tür nach der anderen zu. Ein Pfiff, Räderkreischen, langsam setzte sich der Zug in Bewegung. Die Menschen riefen durcheinander und rannten neben dem Zug her. Linus musste Wilke auffangen, der im Getümmel fast umgerannt wurde, und als er wieder aufschaute, verschwand der Zug ruckelnd und zuckelnd in der Ferne und er konnte seinen Bruder nirgends mehr entdecken.

»Apke!«, rief er. Seine Stimme ging im Lärm unter. Ein schwerer Klumpen landete in seinem Bauch. Das Gefühl breitete sich in Arme und Beine aus. Plötzlich war er sicher, dass er alles zu sagen vergessen hatte, und jetzt ging es nicht mehr.

»Albert«, seufzte ihre Mutter. Als müsse sie jetzt Linus korrigieren, da Apke es nicht mehr selbst tun konnte. Sie blieben stehen und schauten ihm nach, bis der Zug vollständig vom Tunnel verschluckt worden war.

Ihr Vater hustete ein paarmal. Sein Zeigefinger malte kleine Kreise in die Luft und alle machten eine Vierteldrehung. Im Gänsemarsch, wie ihr eigenes kleines Heer, marschierten sie vom Bahnsteig durch die gigantische Halle zum Ausgang. Jetzt von klein zu groß, ihre Mutter voran mit Sis, die zwischen Weinen und Summen schwankte. Max ging nun vor Linus. Wenn er stolperte, trat er Wilke in die Hacken, der sich böse umschaute. »Mann!«, rief er dann, seine Stimme vor Empörung jedes Mal einen Ton höher. So lange, bis ihr Vater ihn wieder auf seine Schultern setzte. Linus war nicht der Einzige, der sich daran gewöhnen musste, in anderer Leute Schuhen zu laufen.

Zu Hause hingen die Girlanden des Abschiedsfests im totenstillen Zimmer. Ihre Mutter zog die Jacke aus und füllte die Leere mit Kommandos. Sissie reichte sie Max, der auf sie und Wilke aufpassen musste. Simon trug sie auf, die Girlanden zu entfernen, und so sehr die Kleinen auch protestierten, sie gab nicht nach. »Krieg ist kein Fest«, sagte sie, während sie Linus einen Stapel Bettwäsche reichte und ihn bis zum Zimmer von Apke und Simon vor sich herschob. Das war ein winziger Verschlag mit einem Etagenbett und einem Schrank. Linus starrte auf das untere Bett, das sein Bruder am Morgen schon abgezogen hatte. Das Kissen lag auf dem Deckenstapel am Fußende. Der Druck in seinem Magen wollte noch immer nicht weichen. Es war seltsam, Apkes Bett zu beziehen. Das Bett, in dem sein Bruder noch in der letzten Nacht geschlafen hatte und das nun Linus' Bett wurde. Von jetzt an schlief er nicht mehr im Zimmer der Kleinen.

»Die Matratze biegt sich ein wenig durch, aber es schläft sich prima darin«, hatte Apke ihm am Morgen gesagt. Er hatte neben sich auf das abgezogene Bett geklopft.

»Behältst du meine *Action Comics* im Auge?«, fragte er, als Linus sich zu ihm setzte. »Ich lasse sie unter dem Bett liegen, aber sorg dafür, dass die Kleinen nicht drangehen. Die machen nur Flecken und Eselsohren rein und reißen Bilder heraus.«

Linus nickte ernst.

»Simon brauche ich gar nicht erst zu fragen.« Apke hatte zu dem Bett über ihnen genickt. Linus wusste genau, was Apke meinte. Simon fand Comics kindisch. Apke war rund drei Jahre älter als Simon, aber wie Linus liebte er Comics. Wahrscheinlich, dachte Linus, war Apke schon zu groß, um Dinge kindisch zu finden.

»Und ich möchte dich bitten, jeden Monat die neue Ausgabe zu

kaufen.« Linus sah mit großen Augen zu, wie Apke zwei Dollarscheine zum Vorschein brachte. »Nicht vergessen.«
»Natürlich nicht!« Er verstaute die beiden Scheine sorgfältig in seiner Hosentasche. Er war stolz darauf, in Zukunft Apkes Comicsammlung bewachen zu dürfen. Wie Apke mochte er vor allem die Superman-Geschichten. Seit Krieg war, ging es oft darum, wie Superman gegen die Nazis kämpfte.
Linus stopfte die Decke fest und ließ sich auf sein neues Bett fallen. Er beugte sich weit genug über die Kante, um darunterschauen zu können. Dort lagen sie, in zwei sorgfältigen Stapeln, alle Nummern in der richtigen Reihenfolge, ab der allerersten von 1938.
Gleich oben auf dem vorderen Stapel lagen Apkes eigene Zeichnungen in alten Heften, die er manchmal aus dem Postraum der Zeitung mitnahm, für die er arbeitete. Hefte, die nicht mehr benutzt wurden, obwohl sie bisweilen nicht einmal halb voll waren. Seit er darum gebeten hatte, hob man sie für ihn auf. Sie wussten dort, dass Apke gern zeichnete.
Linus streckte den Arm und zog das oberste Heft vorsichtig heraus. Es war voller Bleistiftzeichnungen des Comic-Helden, den sich Apke selbst ausgedacht hatte. *Mister Super.* »Superman kann durchaus Hilfe gebrauchen, jetzt im Krieg«, hatte Apke gescherzt. Nach dem Krieg wollte er Comiczeichner werden. Linus fand, dass er immer besser zeichnete. Der Mister Super im ersten Heft hatte oft noch viel zu lange Arme oder sein Kopf war zu klein

ausgefallen. Und wenn er zu rennen versuchte, sah es aus, als würden sich seine Beine verknoten. Man konnte erkennen, dass Apke viel radiert und mit Bleistift immer wieder die alten Linien übermalt hatte.

Im nächsten Heft sah Mister Super schon viel besser aus. Breitbeinig grinsend stand er da, die Hände zu Fäusten geballt und in die Hüfte gestützt, manchmal den Helm unter dem Arm. An seinem stromlinienförmigen Anzug war jetzt gut zu erkennen, dass er aus der Zukunft kam. Voller Selbstvertrauen schoss er mithilfe von Dampfwolken aus seinen Stiefelsohlen in die Lüfte. Oder er hielt einen feindlichen Soldaten im unerbittlichen Griff. Langsam blätterte Linus die Seiten um. Je weiter er kam, desto eher sah Mister Super aus, als könne er wirklich helfen.

Bei einer Zeichnung hinten im Heft hielt Linus inne. Die war fast perfekt. Mister Super saß rittlings auf der Nase eines Flugzeugs. Auf dessen glänzender Seite prangte ein großes Hakenkreuz, das Zeichen der Nazis. Die Nazis waren ihre Feinde und daher auch die von Mister Super. Mister Super hielt den Piloten fest am Kragen. Der war rettungslos verloren, das war sonnenklar.

Fast perfekt, dachte Linus. Er fuhr mit den Fingern die Bleistiftlinien nach und versuchte zu entdecken, was er noch vermisste.

Er hielt das Heft schräg. So von der Seite hatte Mister Super eigentlich auch Ähnlichkeit mit Apke. So wie er schaute, die Entschlossenheit in seinem Blick.

»Mach dir keine Sorgen. Ich behalte deinen Bruder im Auge.« Mister Super sieht ihn von der Seite an, ohne seinen Griff um den Piloten zu lockern.

»Versprochen?«, fragt Linus.

»Unser Geheimnis.« Mister Super legt den Zeigefinger seiner freien Hand auf die Lippen und zwinkert ihm zu. »Der hier«, er schüttelt den Mann kurz durch, »hält bestimmt den Mund.« Der Pilot stöhnt leise. Ein echter Feigling, das erkennt man sofort. Aus dem Flugzeug steigt schwarzer Rauch auf. Der Motor macht seltsame Geräusche. Der Pilot schreit und fleht um Gnade. Die Maschine geht in den Sturzflug über.

»Unser Geheimnis!« Linus muss laut rufen, um den Lärm zu übertönen.

»Was schreist du hier über Geheimnisse?« Simon riss die Tür auf. »Wenn du kindisch sein willst, gehst du am besten sofort zu den Kleinen zurück.« Er zog einen Pullover aus dem Schrank und streifte ihn sich über den Kopf. Im Vorbeigehen warf er einen Blick auf das Heft auf Linus' Knien.

»Mister Super. Hab ich es mir doch gedacht. *Super*kindisch.« Die Tür fiel mit einem Knall hinter ihm zu.

Linus machte sich nichts daraus. Er legte das Heft auf seinen Bauch und verschränkte die Arme hinter dem Kopf. Er seufzte zufrieden. Das drückende Gefühl in seinem Magen war fast weg.

3 »Warum haben Gerüche eigentlich keine Namen?«
Linus saß auf der Ladentheke und nahm eine Apfelsine aus der Kiste, die neben ihm stand. Je öfter er sie in die Luft warf und wieder auffing, desto mehr duftete es im Raum nach Apfelsine. Es war später Nachmittag. Die Markise vor der Schaufensterscheibe war halb ausgefahren, weswegen man von allen Passanten nur die Mitte sehen konnte. Körper ohne Beine und Köpfe schoben vorbei.

Linus hatte seinem Vater geholfen, die Bestellungen fertig zu machen. Die Bestellungen, die er morgen nach der Schule zum ersten Mal ausliefern würde. Außer den Schuhen waren mit Apkes Weggang auch die Aufgaben im Haus nachgerückt. Linus übernahm die Bestellrunde von Simon; der bekam Apkes Job im Postzimmer der Zeitung. Da Linus jetzt zu den Großen gehörte, war Max offiziell der Größte der Kleinen und würde in Zukunft nach der Schule auf Wilke und Sis aufpassen.

Linus' Vater antwortete nicht. Er blätterte mit gerunzelter Stirn durch die Bestellzettel. Sein Vater sprach nie viel. Die wenigen Wörter, die er hatte, sparte er für die Kunden auf, für zu Hause blieb nicht viel übrig.

»Das ist doch seltsam?« Linus legte seine Hände um die Apfelsine und schnupperte konzentriert. »Farben haben Namen, aber Gerüche nicht. Wie diese Apfelsine riecht, zum Beispiel.« Linus hielt sie hoch. »Dafür gibt es kein Wort.«

»Das nennt man – fruchtig.« Sein Vater hatte mit der Einkaufs-

liste für den nächsten Tag angefangen. Jeden Morgen ging er in aller Frühe zum Markt nach Fulton, um sich mit Obst und Gemüse einzudecken.
»Das ist einfach *ein* Wort für alles!«, beharrte Linus. »Jede Frucht riecht doch wieder anders? Ich meine, für jeden Geruch ein besonderes Wort.«
»Du stellst mehr Fragen, als für einen Menschen gut ist.« Sein Vater seufzte. »Pass lieber auf die Kleinen auf«, fuhr er dann gedankenlos fort. Linus hasste es, wenn sein Vater diesen Spruch abließ; es war seine Standardantwort, um nichts sagen zu müssen. Aber diesmal spürte er ein Lachen in sich hochsteigen.
»Das macht Max jetzt.« Er genoss es, das sagen zu können.
Sein Vater sah verstört von der Liste auf und klemmte den Bleistift hinter ein Ohr. Linus konnte sein Lachen nicht mehr zurückhalten. Er trommelte mit beiden Händen auf die Ladentheke.
»Jetzt mach mal nicht so einen Wirbel.« Sein Vater schüttelte den Kopf, musste aber doch lächeln. Linus lachte laut heraus. Es war schön, ein Geräusch zu machen, in die Stille hinein, die schon den ganzen Sonntagnachmittag im Haus hing.
Schnelle Schritte auf der Treppe. Simon kam durch den Laden, auf dem Weg nach draußen.
»Hast du vielleicht gestern diese Bestellung entgegengenommen, Simon?« Sein Vater hielt einen Zettel hoch. »Sie ist für die 59th Street. Du weißt doch, wie wichtig es ist, den Namen eines Kunden deutlich zu notieren?«

Simon schaute auf das Papier und zuckte die Schultern. »Das war ein neuer Kunde. Er sprach mit irgendeinem Akzent. Nach drei Mal Wiederholen konnte ich seinen Namen immer noch nicht verstehen. Da habe ich ihn gebeten, ihn selbst aufzuschreiben.«
Sein Vater zog die Augenbrauen hoch. »Konnte der Mann keinen Gemüseladen in seiner Nähe finden? Das ist mehr als zehn Blocks entfernt.« Er sah noch einmal auf den Zettel. »Und bist du sicher, dass er eine ganze *Kiste* Apfelsinen möchte?«
Simon nickte. »Er wollte noch wissen, ob sie auch zum Auspressen sind.« Er schloss die Ladentür auf und trat ohne Gruß auf die Straße.
»Da werde ich auf einen Schlag gleich meinen ganzen Vorrat los«, murmelte sein Vater. Er zog den Bleistift vom Ohr und ergänzte die Einkaufsliste.
»Denkst du morgen daran, den neuen Kunden nach seinem richtigen Namen zu fragen?« Sein Vater legte den Bestellzettel auf den Stapel. Linus beugte sich darüber. *Alle zwei Wochen montags. Nach halb fünf liefern*, stand da in Simons Krakelschrift, mit einem doppelten Strich unter »nach«.
»Und setze ihn als Letzten auf deine Strecke, dann kannst du auf dem Weg dorthin noch mal am Laden vorbeikommen, um die Kiste abzuholen, und brauchst nicht die ganze Zeit einen übervollen Karren zu ziehen. Mehr als zehn Blocks ...« Er sah Linus forschend an. »Bist du sicher, dass du es morgen allein schaffst?«

Linus nickte unbekümmert. Er kannte das Viertel gut genug, um seinen Weg allein zu finden. Wenn es sein musste, mit geschlossenen Augen. Was sollte schon groß schiefgehen?

4

Für die Schuhe änderte sich eigentlich nichts, dachte Linus, während er den Karren über den Bürgersteig hinter sich her zog. Die liefen einfach dieselbe Strecke wie sonst, nur jetzt an seinen Füßen statt an denen von Simon. Der Karren war schwer beladen und das Lenken wollte geübt sein, es verlangte höchste Konzentration. Ab und zu vergaßen seine Füße, dass sie in neuen Schuhen steckten, und er stieß gegen eine Bürgersteigkante oder stolperte über einen losen Pflasterstein.

O'Reillys Gaststätte stand ganz oben auf seiner Liste. Einen Sack große Zwiebeln und eine Kiste Tomaten. In wenigen Minuten war er dort. Er wollte die Zwiebeln hineintragen, aber das Mädchen, das zur Tür kam, übernahm den Sack, legte ihn auf die Kiste mit Tomaten und hob alles mühelos hoch. Sie lachte ihn an und zog die Tür mit dem Fuß hinter sich zu. Na bitte, ging doch prima. Noch zwei Adressen hier in der Nähe. Der Nächste war Castelli, ein italienisches Restaurant vier Straßen weiter. Das kannte er. *Vor vier Uhr liefern,* stand hinter der Bestellung. Laut Liste musste er danach zu Frau de Winter. Nur für ein Pfund Pflaumen und eine Tüte Trauben. Aber die Adresse war bloß zwei

Straßen von der Ecke entfernt, an der er jetzt stand. Wenn er zuerst dorthin ging, brauchte er nachher nicht für so eine Minibestellung den ganzen Weg zurück. Wenn er sich ein wenig beeilte, konnte er durchaus noch rechtzeitig bei Castelli sein. Dann hatte er vor vier Uhr schon all seine Adressen nach Norden abgearbeitet und war in Rekordzeit wieder am Laden, um die Bestellung für die 59th abzuholen.

Sein Vater würde staunen.

Es dauerte eine Weile, bevor die Tür aufging. Frau de Winter war genauso groß wie Linus. Sie zitterte vor Alter und die Haut ihrer Wangen war schrumpelig.

»Ja?« Sie musterte Linus misstrauisch.

»Ihre Bestellung.« Linus hielt ihr nacheinander die Tüten hin. Links die Pflaumen, rechts die Trauben.

»Sonst war immer ein anderer Junge hier.« Die Frau schaute von ihm zu den Tüten. »Wo ist der denn geblieben?«

»Ich bin der neue Laufbursche.« Zum Beweis gestikulierte er noch einmal mit den Tüten und lächelte. Sie erwiderte sein Lächeln nicht.

»So geht das, alles ändern und keiner sagt mir was. Wie soll ich wissen, ob ich der Sache trauen kann?« Ihre Stimme war gar nicht zittrig. Sie klang hart und klar. Und ziemlich böse.

»Ich bin Linus Mueller. Simons Bruder.« Linus senkte die Arme.

»Simon? Jetzt soll ich auch noch wissen, wer das ist? Keiner sagt mir was«, schimpfte sie.

»Simon. Der vorige Junge.« Linus hielt die Tüten noch einmal hoch. Endlich streckte sie die Hand aus und nahm die Pflaumen. Ganz langsam öffnete sie die Tüte und starrte entrüstet hinein. Linus trippelte ungeduldig von einem Bein auf das andere.
»Also los.« Sie faltete die Tüte langsam wieder zu, drehte sich um und bedeutete Linus, ihr zu folgen. »Dann musst du eben dieses Mal helfen.«
Linus zögerte. Wie lange würde das dauern? Zu protestieren wagte er nicht. Er warf die Plane über den Karren und folgte ihr durch den schmalen Flur, die Traubentüte noch in der Hand. Drinnen roch es muffig. An der Wand hing ein riesiges Geweih als Garderobe. Er musste sich bücken, um nicht dranzustoßen. Die alte Frau schlurfte vor ihm her ins Wohnzimmer. Das war so vollgestellt mit Möbeln, dass sie sich zur Küche durchschlängeln mussten. »Ich bin allein«, sagte sie und wies um sich. Linus nickte höflich; er fragte sich, was jemand, der allein lebte, mit so vielen Stühlen und Tischen wollte. Vielleicht bekam sie oft Besuch.
In der Küche zeigte sie auf einen Mülleimer. »Ich habe sonst niemanden, der das machen kann«, sagte sie, als würde sie das Linus ankreiden. Linus reichte ihr die Trauben und hob den Eimer hoch. Er war so schwer, dass er ihn alle paar Schritte abstellen musste.
»Passt du auch auf?« Die Frau ging dicht hinter ihm. »Ich kann keinen Schmutz in der Wohnung gebrauchen.« Linus nickte und wand sich vorsichtig, aber so schnell es ging, durch das Wohn-

zimmer. Endlich stand er im Hausflur. Er keuchte ein wenig. »Lass ihn ruhig da stehen. Der Nachbar kann ihn nachher leeren. Ziehst du die Tür fest hinter dir zu?« Sie stemmte die Hände in die Hüften und sah ihm hinterher.

Jetzt verstand Linus, warum sie unten auf der Liste gestanden hatte. Als er endlich wieder draußen war, zeigte die Uhr an Werthers Zigarrenladen fünf vor vier. Das schaffte er nie! Eilig zog er den Karren über den Bürgersteig. Es war schwierig, zu rennen und gleichzeitig zwischen all den Füßen hindurchzulenken. »Pass doch auf, wo du läufst!«, rief ihm eine Frau mit Kinderwagen hinterher. Ein Hund umrundete bellend seinen Wagen und die Leine verklemmte sich in einem der Räder. Linus wurde es immer wärmer.

Um acht nach vier bog er in Castellis Straße ein. Auf dem Bürgersteig vor dem Restaurant wartete schon ein Mann mit weißer Schürze auf ihn. Große rote Flecken prangten auf seinem Bauch. »Du bist spät dran. Ich stehe schon eine Ewigkeit hier.« Der Mann beugte sich über den Karren. Beim Rennen waren Zitronen aus der obersten Kiste gehüpft. Mit rotem Kopf raffte Linus sie zusammen und legte sie zurück. Der Mann hob den Sack Zwiebeln und die Kiste mit Lauch und Zitronen aus dem Karren und balancierte alles auf einem Arm.

»Und die *pomodori*?«

Linus bückte sich, um die letzte Kiste aus dem Karren zu heben.

»Neinnein.« Der Mann hielt ihn mit seiner freien Hand davon ab. »Nicht diese Suppentomaten. Die *pomodori.*«
Linus wurde es noch wärmer als zuvor.
»*Pomodori* sind länglich, groß. Suppentomaten sind klein, rund – das *sind* keine Tomaten. Äh?« Sein Arm baumelte jetzt schlaff am Körper. »Du willst mir doch nicht erzählen ...«
Linus starrte in den Karren, als hoffte er, die Form der Tomaten durch seinen Blick verändern zu können.
»Ich fürchte, ich habe sie mit denen für O'Reilly verwechselt«, murmelte er.
»O'Reilly? *O'Reilly* hat *meine pomodori?*« Ein Blick aus schwarzen Augen bohrte sich in die von Linus. Der Mann griff mit einer Hand nach der Kiste mit Suppentomaten und drückte sie Linus in die Arme. Das andere Gemüse deponierte er auf dem Karren und stellte sich breitbeinig davor, die Fäuste in der Seite. »Und? Was stehst du noch hier herum? Zisch ab!«
Jetzt, da es schon nach vier war, wurde es immer voller auf den Bürgersteigen. Erst nach der Hauptverkehrszeit würde es wieder weniger werden. Linus presste die Kiste Tomaten an sich und arbeitete sich keuchend durch den Strom der Passanten. Seine Schuhe scheuerten an den Fersen. Die Kiste wurde immer schwerer. Trotzig rannte er weiter, so schnell er konnte und noch ein wenig schneller.

»Sie brauchen nicht mehr gewaschen zu werden«, versuchte er zu scherzen, als er genau vierzehn Minuten später zurück war. Außer Atem hielt er die Kiste mit den *pomodori* hoch. »Sie lagen schon in einem Sieb unter dem Hahn.«

»Naseweis.« Der Mann konnte nicht sehr darüber lachen, aber er schaute nicht mehr so böse wie vorhin. »Es ist dein erstes Mal. Okay. Aber dass mir das nicht noch einmal passiert!« Er hob den Karren über die Schwelle nach draußen, als würde er nichts wiegen, und schloss ohne ein weiteres Wort die Tür.

Linus lehnte sich über den Karren. Ihm war schlecht von der Rennerei. Er zog seine Jacke aus und warf sie auf den Karren. Bei einem Metroeingang hatte er sich durch eine Menschenmenge zwängen müssen und sich die Hand an einem Zaun geratscht. Den Schmerz spürte er jetzt erst. Seine Knie zitterten vor Erschöpfung, während er den Karren hinter sich her zog.

Als er um Viertel vor fünf am Laden ankam, war sein Vater zum Glück schon oben. Am späten Nachmittag stand seine Mutter im Laden, damit sein Vater den Schlaf nachholen konnte, der ihm fehlte, weil er so früh auf den Markt musste. Er konnte immer schlafen; er wurde nicht einmal wach, wenn Sissie und Wilke sein Bett als Trampolin benutzten.

Linus' Mutter kam mit der Kiste Apfelsinen heraus. »Die muss in die 59th Street, zu Nummer 15.« Sie stellte die Kiste auf den Karren. »Soll ich es dir aufschreiben oder behältst du das?«

»Behalte ich schon.« Linus wollte so schnell wie möglich weg.

»Geht's noch?«, fragte sie, schon halb im Hineingehen. Sie sah ihn prüfend an. »Du siehst müde aus.«
»Es geht prima.« Linus hatte keine Lust auf Fragen. Am Ende müsste er noch von seinem Missgeschick erzählen.
»Simon kommt gleich nach Hause. Er kann die Kiste sonst auch wegbringen.«
Linus schüttelte den Kopf. Er hob grüßend die Hand und zog los, jetzt in die andere Richtung. An einer Ferse bildete sich eine Blase, spürte er. Nicht mehr lange und er würde sich wieder nach seinen alten Schuhen sehnen.
»Vierzehn Minuten. Gar nicht schlecht für einen Anfänger.« Mister Super schwebt in der Luft, knapp über dem Karren. Unter den Absätzen seiner Stiefel zischen kleine Dampfwolken.
»Hättest du mir eben nicht helfen können?«, fragt Linus.
»Ich hatte gerade etwas anderes zu tun.« Mister Super setzt sich auf den Karrenrand. Er nimmt den Helm ab und hält ihn auf den Knien.
»Was gab es denn so Wichtiges?«, fragt Linus.
»Wichtigeres als eine Kiste Tomaten zu retten?« Mister Super zuckt die Schultern. »Och, du weißt schon, die üblichen Zwischenfälle. Ein sinkendes Schiff im Hudson, ein Flugzeug mit Motorschaden. Ein großer Bruder, der vergisst, einen Bogen um die Kugeln zu machen.«
»Apke?« Linus schrak auf. »Es geht ihm doch gut?« Er sah sich schnell um. Hatte er das laut gerufen?

Zum Glück hatten es die Leute zu eilig, um auf einen Jungen zu achten, der mit der Luft sprach. Denn Mister Super war schon wieder verschwunden.

5

59th Street grenzte an den Central Park. Bei Nummer 15 war ein großes Schaufenster voller Puppen und Vasen aus Porzellan. Die Haustür zu den Obergeschossen verbarg sich hinter einem Tor. Linus zog den Karren über eine Schwelle in den Toreingang und stellte ihn so, dass er von der Straße aus nicht zu sehen war. Es war zu dämmrig, um das Namensschild an der Klingel lesen zu können. Er läutete und es dauerte eine Weile, bis der Summer ertönte und er die Haustür aufdrücken konnte.

Im Hauseingang war es dunkel. Aus dem Treppenhaus fiel Licht und er hörte fröhlich scheppernde Musik. Linus begann die Stufen hochzusteigen, die Kiste mit den Apfelsinen an sich gepresst. Je näher am Körper, desto leichter, hatte ihm sein Vater beigebracht.

Auf dem Treppenabsatz blieb er stehen. Von hier gingen zwei Türen ab. Die Musik kam aus der linken, die einen Spalt offen stand. Linus stellte die Kiste ab und klopfte. Die Tür gab nach, der Spalt wurde etwas breiter.

»Ihre Bestellung!«, rief er hinein. Er konnte den vorderen Teil eines weißen Flures sehen.

Die Musik wurde leiser gestellt. Er hörte jemanden husten. Leichte schnelle Schritte näherten sich.
»Lieferung nach halb fünf hatten wir vereinbart, meine ich«, sagte eine leise Stimme. Hinter der Tür tauchte ein Kopf auf. Dunkle Augen in einem schmalen Gesicht sahen Linus verstört an. Das schwarze Haar war straff nach hinten gekämmt. Mit seiner großen scharfen Nase hatte der Mann eine gewisse Ähnlichkeit mit einem Vogel.
»Es ist fast fünf Uhr.« Linus trat einen Schritt zurück.
»So spät schon?« Die Augen weiteten sich. Mit dem Zeigefinger schob der Mann eine dicke Brille hoch und sein Blick wanderte zu der Kiste zu Linus' Füßen.
»Aha!« Sein Gesicht erhellte sich. »Gesundheit!« Der Mann machte die Tür weit auf, betrat das Treppenhaus und ging an Linus vorbei zu der anderen Tür. »Stell sie hier ab, neben der Küche.« Er sprach mit Akzent, als wohnte er noch nicht so lange hier. Händereibend schaute er zu, wie Linus die Kiste umstellte, und beugte sich dann darüber. Er trug eine Art Kittel, der weit um ihn hing; es sah aus, als steckte gar kein Körper darunter. Der Kittel hatte dieselbe graublaue Farbe wie die Schürzen, die sein Vater im Laden trug. Nur dass dieser hier einen kleinen runden Kragen hatte, der Linus an Sissies Kleidchen erinnerte. Er passte nicht zu dem eckigen Gesicht darüber.
»Eine Kiste voller Gesundheit.« Er schaute jetzt freundlicher, als hätten ihn die Apfelsinen aufgemuntert. »Die kann ich gut ge-

brauchen.« Er klopfte sich auf die Brust und musste husten. Linus nickte höflich, drehte sich um und lief die Treppe hinunter.
»Warte einen Moment«, sagte die leise Stimme.
Linus sah sich um, sein Fuß schwebte über der nächsten Stufe.
Der Mann bückte sich und nahm eine Apfelsine aus der Kiste. Er wog sie kurz in der Hand. Linus erschrak. Stimmte etwas nicht? Er hatte doch nicht *wieder* die falsche Kiste mitgenommen?
Aber als der Mann aufsah, lächelte er. »Für die Mühe!«, rief er. »Fang!« Er holte aus und warf mit elegantem Bogen. Überrascht sah Linus die Apfelsine auf sich zukommen. Der Mann hatte ein klein wenig zu hoch gezielt, aber Linus zeigte gern, wie gut er fangen konnte. Ein Sprung, und er fischte sie aus der Luft.
Ein kleiner Sprung. Ein Hüpfer, viel mehr war es nicht. Gerade deswegen war es so ärgerlich, dass sein Fuß bei der Landung die Treppenstufe verfehlte. Er grapschte nach dem Geländer, hielt aber die Apfelsine in der Hand und griff daneben. Ohne etwas dagegen tun zu können, polterte er nicht gerade rühmlich nach unten, Stufe für Stufe. Erst im Treppenbogen wurde Linus gebremst.
»Hast du dir Schmerz zugefügt?« Der Mann kam hastig und mit flatterndem Kittel die Treppe hinunter. Trotz seines Schreckens fielen Linus die seltsamen Worte auf.
»Das kommt durch meine Schuhe«, stöhnte er. Er war auf dem Knie gelandet und das tat gemein weh. »Sie sind neu. Meine Füße müssen sich noch an sie gewöhnen.« Er schob sein Hosen-

bein hoch. Eine böse Schürfwunde, und blau würde sein Knie auch werden.

»Nein, nein, es ist ganz allein meine Schuld.« Der Mann schob die Brille wieder auf ihren Platz und betrachtete das Knie. »Unglaublich dumm von mir. Ich weiß genau, dass ich nicht werfen kann. Kannst du aufstehen?« Er half Linus hoch. Es steckten also doch noch kräftige Arme unter dem weiten Kittel. Er war von einem durchdringenden Geruch umgeben. Wie nach Farbe.

»An dem Knie machen wir etwas. Komm mal kurz mit rein.« Der Mann half ihm die Treppe wieder hoch, drückte die Tür auf und führte ihn durch den weißen Flur. Drinnen war der Farbgeruch stärker. Am Ende des Flurs war ein kleiner Raum. Es hing ein weißes Tuch vor dem Fenster, durch das Licht fiel. Der Mann zeigte auf einen Stuhl, der dicht davor stand. Linus setzte sich auf den äußersten Rand.

»Ich werde ein Pflaster suchen. Ein Glas Wasser?« Linus nickte. Erst jetzt merkte er, was für einen Durst er hatte. Während der Mann weg war, schaute er sich im Zimmer um.

Alle Wände waren weiß gestrichen. Weiße Wände! Nirgends Blümchentapeten. Kein Eichenholztisch mit dunkelroter Tischdecke. Nicht einmal ein Teppich auf dem Dielenboden. Kein Mahagonibüfett an der Wand wie bei Linus zu Hause. Wie bei allen zu Hause, die er kannte. Bei Liam und Rosie, bei den Nachbarn. Überall war es überladen, voll und dunkel. Hier war es … hell. Und geräumig. Und leer.

Aber nicht störend leer. Nicht kahl. Eher ... ruhig, dachte Linus, während er sich zurücklehnte. Außer dem Boden war alles weiß. Ein kleiner Tisch mit einem Schemel, ein niedriger weißer Schrank mit Büchern und Heften. Sogar die Tagesdecke auf dem schmalen Bett an der Wand war weiß.

Und in all diesem Weiß bunte Rechtecke, wo er auch hinsah. In Gruppen oder allein, an den Wänden, auf einer Schranktür, auf dem Kaminsims. Kleine Farbinseln in einem Meer aus Weiß. Sie leuchteten in sonnigem Gelb, sie tanzten in hellem Rot und Blau vor seinen Augen, als könnten sie vor lauter Fröhlichkeit nicht still hängen.

Mit zwei Fingern berührte Linus vorsichtig ein blaues Viereck an der Wand neben sich. Es fühlte sich an wie Karton. In den Ecken war es mit winzigen Nägeln befestigt. Er lehnte sich ein Stück zur Seite, damit er es besser betrachten konnte. Rund um die Nägelchen auf dem Karton und in der Wand sah er kleine Löcher. Je länger er schaute, desto mehr Löcher entdeckte er nach und nach bei allen Rechtecken.

»Gefällt's dir?« Der Mann stand in der Tür, ein Glas Wasser in der einen Hand und in der anderen einen Verbandskasten. Er hielt den Kopf ein wenig schräg.

Linus nickte. »Die Farben gefallen mir«, sagte er leise. Er zögerte kurz und meinte dann: »Es ist, als würden sie schweben.«

»Das kommt, weil es so starke Farben sind«, sagte der Mann. An seiner Stimme war zu hören, dass er von Linus' Antwort angetan war. »Es sind die Farben der Zukunft. Die einzigen Farben, die ich verwende.« Er reichte Linus das Glas, zog den weißen Schemel heran und setzte sich neben ihn, den Verbandskasten auf den Knien.

»Ich bin Maler«, sagte er, als er Linus' fragenden Blick sah. Er wies auf seinen Kittel. Auf Bauchhöhe befand sich eine Reihe kleiner Farbkleckse. Weiß, mit farbigen Spritzern. Dieselben Farben wie an der Wand.

»Ich bin gerade eingezogen.« Er öffnete den Verbandskasten und nahm ein Fläschchen heraus. »Und das hier«, die Hand mit dem Fläschchen gestikulierte, »soll es fröhlicher machen. Es ist noch nicht ganz, wie ich es will. Gleich brennt es ein wenig, das ist unangenehm.« Er beugte sich über das Knie.

Linus kannte sich mit Jod aus; wenn man hinsah, brannte es bloß noch mehr. Er schaute vom Knie weg, auf die Farben. Wie hatte der Mann sie genannt? *Starke Farben*. Kein Wunder, dass der Anzug von Superman genau diese Farben hatte. Jetzt verstand er, warum. Blau, Rot und Gelb. Zukunftsfarben … er spürte etwas Kaltes auf sein Knie tröpfeln. Gleich würde es brennen.

»Farben der Zukunft?«, fragte er schnell.

Der Mann nickte. »So nenne ich sie, die Primärfarben. In der Zukunft wird alles anders. Das hier«, er deutete erneut in die Runde, »ist erst der Anfang. Es ist ein Suchen … ein Ausprobieren.« Er räumte das Jodfläschchen wieder weg. Die langen, dünnen Finger zogen geschickt eine weiße Gaze aus der Verpackung.

»Ein bisschen wie bei einem Puzzle.« Die Gaze schwebte in der Luft über Linus' Knie. »Ein Puzzle mit immer neuen Möglichkeiten. Verstehst du?«

Linus zögerte. Jedenfalls verstand er jetzt, woher all die Löchlein in der Wand stammten.

»Meinen Sie, es ist eine Art Spiel?«, fragte er.

Der Mann lächelte. Es war ein kaum merkliches Lächeln, das nur einen seiner Mundwinkel ein klein wenig nach oben zog. Behutsam legte er die Gaze auf die Schürfwunde. Linus spürte nichts davon. Als der Mann aufschaute, sah Linus trotz der strengen Brille auch das Lachen in seinen Augen.

»Das ist gar keine schlechte Sichtweise«, sagte er langsam. Die Finger schnitten zwei Pflasterstreifen ab und klebten die Gaze sorgfältig damit fest. »Sooo.«

Er klappte den Verbandskasten zu und stellte ihn auf den Tisch, schön gerade. Wie alle Gegenstände auf dem Tisch, bemerkte Linus. Hefte und Papiere lagen sortiert in ordentlichen Stapeln, als hätte gerade jemand aufgeräumt. Er dachte an ihr eigenes schludriges Wohnzimmer und hörte seine Mutter schimpfen, sie könne das Aufräumen genauso gut auch lassen, weil die Jungen sofort wieder ein Chaos anrichteten. Bei dem Gedanken an zu Hause schreckte er auf. Wie lange war er schon hier?

»Mein Karren!« Er hatte ganz vergessen, dass der die ganze Zeit über draußen stand. Er hatte alles vergessen. Alles außerhalb dieses Zimmers …

»Ich muss los.« Linus stand auf, das Glas in der Hand. Konnte er es einfach auf den ordentlichen Tisch stellen? Er reichte es dem Mann und eilte durch den Flur, zur Wohnungstür hinaus.
»Jetzt aber vorsichtig!«, hörte er den Mann noch rufen, während er die Treppe hinabrannte.
Draußen stand der Karren wie zuvor an seinem Platz. Erleichtert lenkte Linus ihn auf den Bürgersteig. Er schaute an der Fassade hoch. Von außen war nichts Besonderes zu erkennen. Nichts verriet diese seltsame weiße Welt mit den Farben. Und doch, dachte Linus, während er die Straße hinunterging, war es, als sähe alles um ihn herum ein klein wenig anders aus.
Erst jetzt dachte er wieder an den Namen. Nun hatte er doch vergessen, den Mann nach seinem Namen zu fragen!

6

»Du läufst so komisch«, sagte Linus' Mutter, als er aufstand, um ins Bett zu gehen. Er war so müde, dass er nur noch liegen wollte.
»Ich bin heute Nachmittag hingefallen.« Sein Knie fühlte sich etwas steif an.
»Auf der Straße?«, fragte seine Mutter erschrocken.
»Auf der Treppe. Bei dem Mann mit den Apfelsinen. Es ist nichts Schlimmes, nur aufgeschürft.« Linus wedelte flüchtig mit der Hand und hoffte, sie würde nicht weiterfragen.

»Zeig trotzdem mal her.« Sie drückte ihn auf den Stuhl zurück.
»Es ist *nichts* zu sehen.« Gelassen streifte Linus das Hosenbein hoch. »Er hat schon ein Pflaster darübergeklebt. Nicht anfassen!«, rief er, als die neugierigen Finger seiner Mutter an einer Ecke fummelten. Die Hand wurde zurückgezogen.
»Er hat es offensichtlich ordentlich gemacht«, sagte sie.
Linus nickte. Er dachte an die sorgfältigen Hände. »Er war auch sehr nett«, sagte er und zögerte kurz. Sollte er noch mehr erzählen? Aber er hielt den Mund.
Seine Mutter verschränkte die Arme und sah ihn prüfend an. »Ist es zu schwer für dich?«
»Natürlich nicht«, sagte Linus. Er stand wieder auf. »Ich muss mich einfach dran gewöhnen.«
»War es nicht zu weit mit der Apfelsinenkiste?« Jetzt fing sein Vater auch schon an.
»Aber nein.« Trauten sie ihm denn gar nichts zu?
»Hast du den Mann noch nach seinem Namen gefragt?«, wollte sein Vater wissen. Er bearbeitete gerade die Bestellungen in seinem Notizheft. Sein Stift hing erwartungsvoll in der Luft.
»Das habe ich ganz vergessen.«
Sein Vater runzelte die Augenbrauen.
»Weil ich hingefallen bin.« Linus sah in Gedanken wieder die Apfelsine in hohem Bogen auf sich zukommen.
»Nächstes Mal denke ich dran.« Er grinste. »Dann frage ich Mister Orange auch, wie er wirklich heißt.«

Er ging hinter seinem Vater vorbei und warf einen Blick auf das Heft.
Mister Orange, schrieb sein Vater in kleinen, steilen Buchstaben, dahinter das Datum und den Betrag.

Zwischen der Zahnbürstensammlung im Glas in der Küche suchte Linus nach seiner eigenen. Die Zahnpasta lag wieder einmal nicht an ihrem Platz. Warum hatte er nicht mehr von Mister Orange und dem Haus mit den Farben erzählt?
Die Zahnpastatube fand er im falschen Schrank, sie war nicht zugeschraubt. Beim Putzen dachte er an den Mann mit dem scharf geschnittenen Gesicht und dem Malerkittel. Er musste viel älter sein als Linus' Vater, auch wenn der schon lange keine dunklen Haare mehr hatte. Linus sah die strengen Augen vor sich, die zu glänzen begonnen hatten, als es um Farben und ums Puzzeln ging. Er hatte noch nie einen Erwachsenen getroffen, der Spielen so ernst nahm.
Eigentlich weiß ich nur zu genau, warum ich den Mund gehalten habe, dachte Linus. Er suchte die Anrichte nach dem Zahnpastadeckel ab, schaute in alle Schrankfächer. Solange er niemandem davon erzählte, war es, als könnte er den Raum mit den Farben für sich behalten.
Er schaute sich um. Wieder in der eigenen Umgebung, eng und voller Stimmen, war es schwierig, sich in die weiße Wohnung von Mister Orange zu versetzen. War er wirklich in diesem stillen

weißen Zimmer gewesen? Hier zu Hause glaubte er fast, er hätte sich alles nur eingebildet.

Der Deckel war unter den Küchentisch gerollt. Linus schraubte ihn auf die Tube und gähnte. Er ging durch den Flur und öffnete leise die Tür zu seinem Zimmer. Einen Augenblick stand er verwirrt zwischen den schlafenden Kleinen und fragte sich, warum Max in seinem Bett lag. Dann musste er über seinen Irrtum lachen. Sachte schloss er die Tür wieder, drehte sich um und machte die Tür zu seinem neuen Zimmer auf.

»Interessant, diese Farben der Zukunft.« Mister Super hat sich auf Linus' Bett ausgestreckt. Er liegt auf dem Rücken, den Helm als Stütze unter dem Kopf.

Linus nickt. Er setzt sich auf die Bettkante und streift seine Socken ab.

Mister Super verschränkt die Arme hinter dem Kopf. »Wie war noch das andere Wort, das er dafür verwendete?«

Linus zuckt die Schultern. Er ist zu müde, um sich an irgendetwas zu erinnern.

»Jetzt rück doch mal.« Er zieht seinen Schlafanzug unter dem Kissen vor. Das ist gar nicht so einfach, weil Mister Super darauf liegt. »Ich bin todmüde, ich möchte schlafen.«

»Und was ist mit mir?«

»Du wirst Menschen retten. Den Krieg gewinnen.« Linus muss so heftig gähnen, dass seine Augen tränen.

Mister Super erhebt sich seufzend und setzt den Helm auf. Das

Schwarzweiß seines Anzugs vermischt sich in Linus' wässrigen Augen zu einem grauen Schleier.

Plötzlich wusste er, was ihm bei Mister Super noch fehlte. Bleistiftstriche reichten nicht. Ein Held wie er brauchte Farben. *Starke Farben*!

Linus ließ sich aufs Kissen fallen. Den Helm knallgelb, dachte er träumerisch. Und dann den Anzug rot mit blauen Stiefeln und Handschuhen. Oder vielleicht doch lieber den Anzug gelb, aber dann musste der Helm eine andere Farbe bekommen ... Er rutschte tiefer unter die Decke und weg war er.

7

Insgeheim hatte Linus gehofft, mit dem Umzug ins neue Zimmer würde auch seine Stimme tiefer werden. Als er noch bei den Kleinen schlief, hatte er oft Apkes und Simons Bassstimmen aus ihrem Zimmer gehört, so tief, dass er nie verstehen konnte, worüber sie sprachen. Linus hatte sich vorgestellt, dass Simon und er bald so daliegen und miteinander reden würden, Simon oben und er unten. Aber seine Stimme blieb nach dem Umzug genau so, wie sie war, und Simon sagte immer noch nicht viel. Als Linus am Donnerstagabend Frau de Winter auf seiner Liste für Freitag entdeckte, erzählte er Simon von dem Mülleimer.

»Das tut sie doch immer«, sagte Simon. Er lag oben auf seinem Bett und starrte zur Decke.

»Wie hast du das denn gemacht?«, fragte Linus seinen Bruder.
»Ganz normal eben.« Simon drehte sich zur Wand.
Über seine neue Stelle bei der Zeitung erzählte er auch kaum etwas. Vielleicht fehlt ihm Apke so wie mir, dachte Linus, und er ist deswegen so still. Aber seine Mutter meinte, das sei das Alter.
»Apke war genauso«, sagte sie.
»*Apke?*« Linus' Stimme überschlug sich vor Erstaunen. Seine Mutter musste lachen über seinen Unglauben.
»Damals warst du noch so klein, dass es dir nicht auffiel«, versicherte sie ihm. Sie sagte, er solle Simon am besten in Ruhe lassen.
Na toll, dachte Linus. Dann würde er eben selbst einen Weg finden müssen mit Frau de Winter. Wenn er die Kleinen lachen oder streiten hörte, sehnte er sich fast nach seinem alten Zimmer zurück.

Als er am Freitagnachmittag von seiner Runde zurückkam, war es schon spät. Frau de Winter hatte ihn gebeten, einen kleinen Schrank zu verrücken, weil sie glaubte, ihre Schlüssel seien darunter gefallen. Linus hatte den Schrank zur Seite geschoben, aber die Schlüssel hatten nicht darunter gelegen. Erst als er sie zwischen den Sofakissen fand, hatte Frau de Winter ihn gehen lassen.
Sobald er seinen Karren in den Laden lenkte, sah er am Gesicht seiner Mutter, dass es Neuigkeiten gab. »Geh mal nach oben«,

sagte sie mit einem Lächeln. So entspannt hatte sie die ganze Woche nicht ausgesehen.
Auf dem Wohnzimmertisch lehnte eine Postkarte von Apke an der Vase. Linus nahm sie zur Hand.

Ihr Lieben,
wir sind gut im Ausbildungslager angekommen. Jeden Tag machen wir lange Märsche und die Blasen wuchern an unseren Füßen. Als Allererstes haben wir hier Bettenmachen gelernt, das Bettzeug wird so festgesteckt, dass man kaum darunterschlüpfen kann. Wenn ich zurückkomme, bringe ich es Euch allen bei. Mutter wird staunen! Brief folgt.
Grüße aus einem tadellosen Bett
Euer Albert

Vor dem Essen las Vater den Kleinen die Karte vor und nach dem Essen musste es noch einmal sein. Wilke und Sis bettelten um noch ein Mal und noch ein Mal … sie hörten erst auf, als ihr Vater ihnen versprach, die Karte noch ein letztes Mal vorzulesen, wenn sie im Bett lagen.
Als sein Vater zurückkam und sich mit dem Kassenbuch Linus gegenüber an den Tisch gesetzt hatte, sah Linus von seinem Comic auf. Er holte tief Luft.
»Warum hängt der blaue Stern noch immer nicht in unserem Fenster?« Er schaute von seinem Vater zu seiner Mutter, die nun

mit Apkes Karte in der Hand im Sessel saß. Es schien, als hätte sie seine Frage nicht gehört.

Sein Vater rechnete unbeirrt weiter. Linus wusste, dass er erst dann eine Antwort bekommen würde, wenn er zu Ende gerechnet haben würde.

Bei Apkes Abschiedsfest hatte einer der Nachbarn ein Banner mitgebracht. Es war eine Art kleine Flagge, ein weißes Rechteck mit einem roten Rand. In der Mitte des Rechtecks war ein blauer Stern mit fünf Zacken. Jede Familie, die ein Mitglied im Krieg hatte, durfte ein solches Banner ins Fenster hängen. Linus sah sie schon immer von Weitem: Er fand sie bildschön.

Endlich schrieb sein Vater eine Zahl unten auf die Seite und schlug das Blatt um.

»Würdest du das wollen?«, fragte er, als hätte ihn Linus erst vor einer Sekunde angesprochen.

»Natürlich«, sagte Linus. Was für eine seltsame Frage! »Es darf doch jeder wissen, dass er im Krieg ist?« Er wollte nichts lieber, als das Banner aufhängen, damit jeder sehen konnte, dass er einen Bruder hatte, der mitkämpfte. Aber Apke war jetzt schon fast eine Woche weg und noch immer lag die kleine Flagge in der Schublade des Büfetts.

Sein Vater schaute von Linus zu dessen Mutter.

»Flaggen sind für Feste da. Und Krieg ist kein Fest.« Seine Mutter sprach besonders leise, so wie immer, wenn sie wütend war. Sie hob den Blick nicht von der Ansichtskarte.

»Es ist doch gut, was Apke da macht?« Linus konnte es nicht lassen, noch einen Versuch zu wagen. »Wir dürfen doch stolz auf ihn sein?«

»Krieg ist nichts, auf das man stolz sein könnte. Es ist schlimm genug, dass es sein muss.« Seine Mutter stand auf und legte Apkes Karte in die Büfettschublade. Dieselbe, in der auch das Banner lag. Ohne ein weiteres Wort verließ sie das Zimmer.

Linus seufzte. Er wusste schon, weshalb seine Mutter wütend war. Nicht weil Apke zum Militär musste, sondern weil er sich freiwillig gemeldet hatte, noch bevor er einberufen wurde. An dem Tag, an dem er achtzehn wurde. Erst danach hatte er es zu Hause erzählt.

»In ein paar Wochen hätten sie mich sowieso eingezogen«, hatte Apke gesagt.

»Das weißt du doch gar nicht!« Sie war so wütend geworden, dass sie sogar vergessen hatte, leise zu sprechen. »Es hätte auch länger dauern können. Jeder Tag, an dem wir dich mit heiler Haut zu Hause haben, ist ein gewonnener Tag!«

»Ich kann doch nicht zu Hause Däumchen drehen, während andere ihr Leben aufs Spiel setzen?«

»Ich sage nur, dass es Unsinn ist, früher zu gehen, als es sein muss.«

»Aber es *muss* sein.« Apke hatte sie streitlustig angesehen.

»Je früher der Krieg vorbei ist, desto besser.« Das war Apke, er wollte es richtig machen. Apke wollte immer alles möglichst gut machen. Deswegen war Linus stolz auf ihn. Deswegen wollte er den blauen Stern am Fenster.

Er sah zu seinem Vater hinüber. Sollte er es noch einmal versuchen? Er wusste, dass er bei ihm die größere Chance hatte.

»Du weißt, wie Mutter darüber denkt, Junge.« Sein Vater kam ihm zuvor. Er sah Linus nicht an, sondern zuckte leicht die Achseln und rechnete wieder weiter.

Linus seufzte. Dass Krieg kein Fest war, wusste er natürlich, auch ohne dass seine Mutter sie tagtäglich daran erinnern musste. Aber er durfte es doch stark finden, dass Apke in den Krieg gezogen war?

Es war doch nicht falsch, auf seinen eigenen Bruder stolz zu sein?

8

Nach zwei Wochen lotste Linus seinen Karren zwischen den Fußgängern hindurch, als hätte er nie etwas anderes getan. Er lenkte ihn pfeifend um Schlaglöcher und fuhr Bordsteinkanten hinauf und hinunter, ohne dass eine einzige Tomate oder Zitrone aus ihrer Kiste hüpfte. Er genoss es, jeden Nachmittag draußen zu sein, statt mit den Kleinen im Haus zu sitzen. Er fühlte sich frei, obwohl er sich vorläufig an die Strecken hielt, die sein Vater für ihn austüftelte.

Jeden Montag und Freitag musste er am Ende seiner Runde bei Frau de Winter vorbei. Heute war der Montag, an dem er auch noch zu Mister Orange sollte. Fast war es, als spürte sie seine Ungeduld und hielte ihn besonders lange auf. Trotzdem fand er es nicht schlimm, Kleinigkeiten für sie zu erledigen, und ihrem Gemecker hörte er nur mit halbem Ohr zu. Wenn ich den ganzen Tag allein in dieser vollgestopften Wohnung sitzen müsste, würde ich auch eine Stinklaune bekommen, dachte Linus, als er endlich die Treppe bei Mister Orange hinaufstieg.

Dieses Mal öffnete sich die andere Tür.

»Der Obstmann! Ich habe schon auf dich gewartet.« In seinem Oberhemd mit Hosenträgern wirkte Mister Orange noch schmaler als in dem weiten Kittel vom letzten Mal.

»Stell sie ruhig hier ab.« Er trat einen Schritt zur Seite, um Linus hereinzulassen, und zeigte auf einen kleinen Tisch mitten in der Küche. »Wie geht es deinem Knie?«

»Gut«, sagte Linus. »Wieder ganz in Ordnung.« Er stellte die Kiste neben den Tisch. Es war der wunderlichste Tisch, den er je gesehen hatte.

»Das freut mich.« Mister Orange schwieg und schaute grübelnd auf die Kiste.

»Ich schulde dir noch eine Apfelsine und ich verspreche, dass ich sie nicht werfen werde, aber wenn du willst, kann ich dir eine schälen. Oder musst du schnell weiter?«

Linus schüttelte den Kopf. »Sie sind der letzte Kunde für heute.«

»Schön, setz dich.« Mister Orange drehte sich zum Schrank. Linus legte eine Hand auf den Tisch und konnte nicht widerstehen, kurz darunterzuschauen. Die Tischbeine waren aus einer Art Latten mit Rillen darin. Knapp über dem Boden waren Querlatten angebracht, auf die man die Füße stellen konnte. Wie die Möbel im Schlafzimmer war er weiß gestrichen.

»Selbst gemacht.« Mister Orange stellte zwei Teller auf den Tisch. »Aus Keilrahmenleisten und einem kaputten Liegestuhl. Die Leisten waren zu krumm, um eine Leinwand aufzuspannen. Aber als Tischbeine eignen sie sich prima, findest du nicht?«

»Ich finde sie schön ...« Linus' Hand glitt über die Beine. Alles an dem Tisch war einfach, aber man konnte sehen, dass er sorgfältig gezimmert war. Durch die schmalen Beine wirkte er zerbrechlich und doch war er robust. Er passte zu Mister Orange, dachte Linus.

»Es macht immer Spaß zu schauen, wie weit man mit den Sachen kommt, die man zufällig findet.« Mister Orange sah zufrieden aus.

»Mein Bruder Apke macht auch viele Sachen selbst«, sagte Linus. »Er hat den Gemüsekarren gebaut. Die Räder hat er vom Kinderwagen abmontiert. Als meine Schwester zur Welt kam, mussten wir sie im Gemüsekarren herumfahren.« Er zögerte kurz. »Mein Bruder ist jetzt im Krieg.«

Mister Orange nickte, seine Aufmerksamkeit auf die Apfelsine gerichtet. Mit einem Messer teilte er sorgfältig die Schale und dann die beiden Hälften noch einmal.

Eine Weile blieb es still. Die Geschäftigkeit der Stadt wehte durch das Fenster hinter Linus herein. Autos hupten und knatterten vor der Ampel, eilige Schritte versuchten einander einzuholen. Durch den Lärm draußen wirkte es drinnen noch stiller. Linus lehnte sich zurück und schaute zu, wie die schmalen Hände die Viertel erneut teilten. Der Duft von Apfelsinen umgab sie.

»Wie kommt es, dass Gerüche keinen Namen haben?« Er sagte es, ohne nachzudenken.

Mister Orange zog die Schale mit dem Messer ab. Er sagte nichts, nur seine Augenbrauen hoben sich leicht. Acht orangefarbene Schiffchen wurden neben dem Teller aufgereiht.

»Wie Farben.« Jetzt musste Linus wohl oder übel weiter. »Es gibt Hellblau, Himmelblau, Nachtblau, aber für Gerüche gibt es keine Wörter.«

»Du hast recht.« Mister Orange legte die Apfelsine auf einen Teller und schob ihn zu Linus hinüber. Er nahm die zweite Frucht und begann von vorn. Hälften, Viertel, Achtel. Linus kaute auf einer Apfelsinenspalte. Es blieb so lange still, dass er nervös wurde.

»Mein Vater fängt bei solchen Fragen immer an zu seufzen«, rutschte ihm heraus. »Er sagt, ich soll keine Fragen stellen, auf die es keine Antwort gibt.«

»Aber nein!« Mister Orange wedelte mit dem Messer, als wäre es sein Zeigefinger. »Dass man nicht sofort eine Antwort parat hat, heißt nicht, dass die Frage nichts taugt. Es bedeutet nur, dass man die Antwort noch suchen muss. Und um nach einer Antwort zu suchen, die neu ist … dafür muss man sich Zeit nehmen. Es ist eine ausgesprochen gute Frage.« Er sah Linus so unverwandt an, dass der sich allmählich unwohl fühlte. Schnell steckte er sich das letzte Stück Apfelsine in den Mund und zog die Bestellliste aus seiner Hosentasche.

»Mein Vater wüsste gern Ihren richtigen Namen.« Er versuchte, das Papier glatt zu streichen. »Wir konnten ihn auf dem Bestellzettel nicht lesen.«

»*Richtigen* Namen?« Die Augenbrauen hoben sich über den Brillenrand.

Linus zögerte kurz. »Wir haben Sie vorläufig Mister Orange getauft«, bekannte er. Er legte die Liste auf den Tisch. Mister Orange lachte laut. Sein Gesicht sah jetzt viel fröhlicher aus.

»Das ist nicht mein erster Spitzname, musst du wissen.« Er zog das Papier zu sich heran. »Mein Bruder nennt mich Schlafmütze.«

Schlafmütze? Linus konnte so gar nichts Träges an ihm entdecken.

»Ich liebe es, bis spät in die Nacht zu malen.« Mister Orange lächelte über Linus' erstaunten Blick. »Und dann stehe ich auch spät auf. Schlafmütze ist einer der sieben Zwerge aus Schneewittchen. Hast du den neuen Zeichentrickfilm schon gesehen? Ich finde ihn großartig und habe ihn schon unzählige Male angeschaut.«

Linus schüttelte den Kopf. »Ich kenne aber andere Zeichentrickfilme«, sagte er, »von Superman. Ein Superheld, der von einem anderen Planeten kommt. Er …« Linus zögerte. »Er hat dieselben Farben wie Sie.«

»Dieselben Farben wie ich?« Mister Orange hielt fragend den Kopf schräg.

»Die starken Farben … aus dem Zimmer vom letzten Mal.« Linus wurde es warm. Plötzlich fürchtete er, sich das alles doch nur eingebildet zu haben.

»Ah, die Primärfarben meinst du.« Mister Orange nahm einen Bleistift aus seiner Brusttasche. »So heißen sie, weil man alle anderen Farben aus ihnen mischen kann. Aber ich verwende sie so, wie sie sind.«

Linus beugte sich aufgeregt zu ihm. »Mein Bruder Apke kann gut zeichnen. Er hat sich einen eigenen Superhelden ausgedacht. Der kämpft mit gegen das Böse. Gegen den Krieg.«

»Gegen den *Krieg*.« Mister Orange dehnte das Wort. »Das ist schön.«

Linus nickte. »Wenn mein Bruder zurückkommt, werde ich ihm von den starken Farben erzählen. Ich finde, seinem Helden würden sie auch gut stehen. Mister Super heißt er.«

Mister Orange schrieb etwas auf die Liste und schob sie Linus wieder hin. »Wie heißt du eigentlich?«

Linus nannte seinen Namen.

»Nett, dich kennenzulernen, Linus.« Er stand auf und tat, als würde er an einen Hut tippen.

Linus nahm das Papier und stand ebenfalls auf.
»Ich finde es auch schön, Sie kennenzulernen …« Er schaute auf das Papier. Schwer zu behalten.
»… Mister Orange.« Er griff nach der Türklinke. »Das passt besser zu Ihnen.«
Er wandte sich ab, plötzlich verlegen, und rannte schnell die Treppe hinunter. Wegen des Lärms, den seine Schuhe machten, wusste er nicht, ob er Mister Orange lachen hörte oder ob er sich das nur einbildete.

9

»Wir müssen uns noch ein Geschenk für Lizzy überlegen«, seufzte Linus' Mutter abends an seinen Vater gewandt. Sie besserte den Saum eines Kleides aus. Seine Mutter war die Einzige, die jemals Sissies richtigen Namen benutzte. Sis hatte am Sonntag Geburtstag.
»Bertie?« Sie sah von ihrer Näharbeit auf. »Hörst du, was ich sage?«
Sein Vater steckte wieder mitten in einer Abrechnung.
Linus senkte seinen Comic. Er dachte an den Laden unter der Wohnung von Mister Orange. *Antikes und Raritäten* stand über der Tür. Letzte Woche hatte er im Schaufenster eine kleine Spieluhr gesehen. Die Innenseite war mit einem glänzend weißen Stoff bezogen. In der Mitte drehte ein Püppchen sich um seine

eigene Achse, genau wie Sis, wenn sie tanzte. Dann hob sie die Arme graziös über den Kopf und drehte sich, bis ihr schwindelig wurde. Wenn sie umfiel, lachte sie selbst am lautesten.

Während Linus die Spieluhr betrachtet hatte, war die Frau aus dem Geschäft gekommen. Es war kurz vor Ladenschluss. Vorsichtig hatte sie den Deckel zugeklappt und Linus kurz angesehen, als teilten sie ein kleines Geheimnis. Als wüssten nur sie beide, dass sich etwas Besonderes in dieser Holzdose befand, die von außen so alltäglich wirkte.

»Ich weiß vielleicht etwas für Sis«, sagte Linus. Seine Mutter hob überrascht den Kopf und sogar sein Vater schaute kurz vom Kassenbuch hoch.

»Du bist mir ja einer, Linus Mueller«, sagte seine Mutter am nächsten Tag, als sie neben ihm vor dem Schaufenster stand. Sie sah ihn mit einem seltsamen Blick an. Als wäre plötzlich etwas Neues an ihm zu entdecken.

Gemeinsam betraten sie den Laden. Seine Mutter erschrak vor dem Preis, aber nach einigem Zögern zückte sie doch ihren Geldbeutel.

»Weil du es gefunden hast«, sagte sie augenzwinkernd. »Und weil es so gut zu Lizzy passt. Es wird ein Geschenk von uns allen.«

10

Liebe Sis,
herzlichen Glückwunsch zu Deinem zweiten Geburtstag. Diese Karte habe ich extra für Dich ausgesucht. Ich wünsche Dir einen wunderschönen Tag. Schade, dass ich nicht da bin! Hier ist alles in Ordnung. Ich kann schon fast in einer Minute ein Gewehr zusammensetzen. Wir machen so viele Liegestütze und Klappmesser, dass ich schon nicht mehr mitzählen kann. Ich bekomme Muskeln wie Mister Super! Hier, mitten in den Wäldern, ist die Umgebung so friedlich und ruhig, dass man glauben könnte, man wäre im Urlaub. Wenn uns das Essen nicht täglich aus diesem Traum herausreißen würde, könnten wir glatt vergessen, warum wir hier sind. Es heißt übrigens, dass wir früher nach Europa aufbrechen als geplant. Aber vielleicht sind das nur Gerüchte.
Iss ein Stück Kuchen für mich mit, liebe Sis. Aber ein richtig großes!
Liebe Grüße
Albert

Auf der Vorderseite der Ansichtskarte war ein Foto von einem Kriegsschiff. Sis lief schon den ganzen Sonntag damit herum. Sie zeigte sie jedem Besucher, bis die Karte so zerknittert war, dass ihr Vater sie auf das Büfett stellte, damit sie nicht mehr drankam. Danach hatte sie nur noch Augen und Ohren für ihre Spieluhr.

Immer wenn sie den Deckel hob, begann die Melodie aufs Neue. Und noch einmal. Je öfter man sie hörte, desto leiernder klang sie. Allmählich bedauerte Linus seine Idee.
Sehnsüchtig schaute er aus dem Fenster. Es war später Nachmittag und er war den ganzen Tag noch nicht draußen gewesen. Gestern hatte er den neuen *Action Comics* am Kiosk liegen sehen und konnte es kaum erwarten, das Heft zu kaufen. Als es klingelte und noch ein unerwarteter Besucher kam, nutzte Linus das Gedränge und schlüpfte schnell ins Freie. Erleichtert holte er tief Luft. Erst einmal nachsehen, ob Liam zu Hause war. Dann konnten sie gemeinsam zum Kiosk.

»Wie geht es Apke?«, fragte Rosie, während Linus wartete, weil Liam erst den Doppelknoten in seinen Schnürsenkeln lösen musste. In letzter Zeit wirkte sie ihm gegenüber weniger schnippisch als sonst. Bestimmt, weil er jetzt einen Bruder bei der Armee hatte.
»Wir haben gerade Post von ihm bekommen.« Linus machte eine kurze Pause, um die Spannung zu steigern. »Er kann sein Gewehr in einer Minute zerlegen und wieder zusammensetzen.«
»Gewehr?« Rosies Augen weiteten sich vor Respekt.
»Was dachtest du denn, was sie benutzen? Besenstiele?« Liam hatte endlich seine Schuhe an. »In *einer* Minute?«, fragte er und zog Linus mit zur Tür.
Linus nickte. Er strahlte vor Stolz. »Im Stockdunkeln«, setzte er

schnell noch hinzu, damit Rosie es auch hören konnte, bevor die Tür hinter ihnen zufiel.

Wenn er über Apke sprach, kamen die Wörter oft anders heraus, als er vorhatte. Falls das mit dem Dunkeln jetzt noch nicht stimmen sollte, dachte Linus, während er hinter Liam die Treppe hinunterrannte, lernte Apke es bestimmt bald und dann war es keine Lüge.

»Hast du inzwischen gefragt wegen Halloween?« Liam gab Linus einen Schubs und rannte vor ihm her. »Das ist schon Montag in einer Woche.«

»Ich darf!« Das hatte er ganz vergessen. Sie bettelten jedes Jahr zusammen um *Süßes oder Saures*, aber bislang hatte Linus immer die Kleinen im Schlepptau gehabt. In diesem Jahr durften sie zum ersten Mal zu zweit losziehen. Linus hatte so lange gebettelt, bis seine Mutter versprochen hatte, selbst mit den Kleinen zu gehen.

Am Kiosk in der Second Avenue war der *Action Comics* bereits ausverkauft. »Seit Krieg ist, können wir gar nicht genug Hefte herbeischaffen«, sagte der Verkäufer zufrieden. Sie rannten weiter zur Ecke Park Avenue. An dem Kiosk dort lag das neue Heft zum Glück noch. Linus zog Apkes Geld hervor und bezahlte. Sie ließen sich auf eine Bank fallen.

Auf der Umschlagzeichnung fuhr ein amerikanischer Soldat auf einem Motorrad mitten durch die Gefechtslinie. Superman flog neben ihm und fing eine Granate mit bloßer Hand.

»Übrigens, wegen Hallowen …«, Liam war noch außer Atem. »Fändest du es schlimm, wenn Rosie mit uns käme?«
Rosie wollte mit, *mit ihnen*? Linus betrachtete Liam von der Seite. »Du machst Witze, oder?«
»Ich finde es auch nervig«, sagte Liam entschuldigend. Er verstand Linus' Frage falsch. »Ich habe es meinem Vater versprechen müssen.«
»Von mir aus.« Linus setzte ein gleichgültiges Gesicht auf.
»Okay!« Liam sprang erleichtert auf. »Jetzt muss ich rennen.«
»Für wann verabreden wir uns?«, rief Linus ihm hinterher. Liam rief etwas zurück, das im Getümmel unterging. Na bitte, es stimmte, sie war wirklich anders zu ihm, seit er einen Bruder in der Armee hatte! Er rollte seinen *Action Comics* zusammen und stand auf. Nächste Woche Montag schien auf einmal noch ganz weit weg.

11

»Ihre Bestellung!«
Die Küchentür von Mister Orange stand weit offen. Linus stellte die Kiste ab und steckte den Kopf in die Wohnung.
»Linus!« Mister Orange schaute um die Ecke einer Tür auf der anderen Seite der Küche. Er winkte ihm. »Komm, schau dir mal an, was ich aus deinen Kisten gemacht habe.«
Linus durchquerte die Küche und drückte die Tür weiter auf. Auf

der Schwelle blieb er stehen. Zu seinen Füßen erstreckte sich ein riesiger Holzboden. Der Raum war fast ganz leer, nur hier und da standen ein Schemel oder ein Tisch an der Wand. Durch drei große Fenster fiel Sonnenlicht herein, wurde von dem hellen Boden zurückgeworfen und schien ihn von den weißen Wänden herab anzuspringen.

Wo er auch hinschaute, sah er bunte Flächen, noch mehr als in dem anderen Zimmer. Große und kleine, allein und in Gruppen, wie Wolken aus Farbe. Linus machte ein paar Schritte. Er hatte das Gefühl, dass sich alles um ihn herum bewegte. Und doch, dachte er erstaunt, ist es hier ruhig.

»Gar nicht so übel, was?« Mister Orange stand neben einem weißen Schränkchen, eine Hand in die Hüfte gestützt, in der anderen hielt er eine Zigarette. »Sehr praktisch für meine Farbtuben und Palettenmesser.« Zufrieden klopfte er an die Schrankseite.

Es dauerte eine Weile, bis Linus seine eigenen Apfelsinenkisten erkannte. Mister Orange hatte sie mit Latten verbunden und Bretter eingesetzt. Obenauf standen Glasbehälter voller Pinsel, die Borsten nach oben, wie eigenartige Blumensträuße.

»Ich glaube, so allmählich habe ich ein bisschen Ordnung reingebracht.« Mister Orange stellte sich in die Mitte des Raumes und drehte sich im Kreis. »Was meinst du – wird es schon?«, fragte er, den Kopf ein wenig zur Seite geneigt.

Linus musste nach Worten suchen. »Es ist hier so … festlich«, sagte er. »Wie in einem Ballsaal.«

Mister Orange lachte. »Ein Ballsaal zum Malen«, sagte er. Er rieb sich die Hände. »Dazu gehört Musik!«
Er ging zu einem kleinen Tisch, auf dem ein roter Kasten stand. Unter dem Deckel brachte er einen Plattenspieler zum Vorschein. Bei Linus zu Hause gab es nur ein Radio, aber Liams Vater spielte am Sonntagnachmittag Grammofonplatten mit Opernmusik ab. Frauenstimmen, die so hoch sangen, dass man Gänsehaut davon bekam.
»In der Zukunft kann jeder so wohnen, weißt du.« Mister Orange klemmte seine Zigarette in den Mundwinkel und schüttelte ganz vorsichtig eine glänzende schwarze Scheibe aus einer Hülle.
»Jeder?« Linus' Augen wurden groß. »So? So … *fröhlich?*«, fragte er ungläubig.
Mister Orange lächelte. »Würde dir das gefallen?« Er nahm die Zigarette aus dem Mundwinkel, pustete einmal kurz auf die Schallplatte und legte sie auf den Abspielteller.
»In der Zukunft wird alles anders. Bilder zum Beispiel sind dann altmodisch.« Er nickte zu einigen Gemälden hinüber, die an der Wand lehnten. Man sah nur die Rückseiten mit ihren hölzernen Rahmen. Keilrahmen, wie Linus jetzt wusste.
»Wenn du dafür sorgst, dass die Dinge um dich herum wirklich zueinander und zu dem Raum passen, in dem sie stehen, wird der Raum insgesamt schöner. Oder fröhlicher, wie du es nennst. Dann braucht man gar keine zusätzlichen Bilder mehr.«
Linus schaute sich um, sah die Farben im Sonnenlicht. Wie Farb-

kleckse auf einem Bild. Ein riesiges Bild, in dem man herumlaufen konnte.

»Als wäre das ganze Zimmer ein Bild …« Er dachte an das andere Zimmer. »Oder die ganze Wohnung!«

»Gut ausgedrückt.« Mister Orange ließ die Nadel über der Platte schweben. »Und warum sollte man bei einem Haus stehen bleiben? Vielleicht können wir in der Zukunft aus der ganzen Stadt ein einziges großes Bild machen. Ein Bild, in dem sich alles immer verändert.«

Er klatschte in die Hände. »Apfelsine gefällig?«

Die Musik erschallte, bevor Linus antworten konnte. Mister Orange ging vor ihm her in die Küche. Beim Gehen baute er einen kleinen Hopser ein, so schnell, dass Linus sich nicht sicher war, ob er richtig gesehen hatte. »Kennst du diese Musik schon? Boogie-Woogie, das Neuste vom Neuen«, rief er. »Echte Zukunftsmusik!«

Linus versuchte, sich eine solche Stadt in der Zukunft vorzustellen. Eine Stadt in den Farben von Mister Orange und mit Musik wie dieser. Fröhliche Musik, deren Name sogar schon fröhlich klang. Musik, die zu den Farben passte, die die Flächen an der Wand tanzen ließ. Musik, die *jeden* zum Tanzen brachte. Wenn die Zukunft von Mister Orange so aussieht wie hier, dachte Linus, während er ihm folgte, dann hoffe ich, dass sie schnell kommt.

Auf dem Küchentisch standen zwei Teller mit einem Messer bereit.

»Die sind gesund, diese Apfelsinen, besonders für mich.« Mister Orange nahm zwei aus der neuen Kiste, drückte seine Zigarette aus und hustete. »Wer so viel raucht wie ich, sollte sehr viel Obst essen.« Er teilte die Schale.

Linus suchte nach dem Lachen auf seinem Gesicht. Vielleicht in einem der Mundwinkel, aber ganz sicher war er sich nicht. Bei Mister Orange war es schwierig zu wissen, ob er einen Scherz machte. So konzentriert, als führte er eine Operation durch, teilte er die Hälften wieder, genau wie beim letzten Mal. Unterdessen bewegte er seine Ellbogen immer ein wenig vom Körper weg und wieder zurück, im Rhythmus der Musik. Eine seltsam steife Gebärde, die Linus an einen Pinguin erinnerte. Um nicht zu lachen, schaute er zur anderen Seite, durch die offene Tür ins Atelier.

»Wenn man bald keine Bilder mehr braucht«, fragte er, »was machen Sie dann?«

»Keine Sorge, das dauert noch lange!« Mister Orange wies mit dem Messer auf etwas in weiter Ferne. »Vorläufig heißt es noch suchen. Immer neue Dinge ausprobieren.« Er zuckte die Achseln.

Linus dachte an die zahllosen Nagellöchlein in den Wänden. An diesen Piksern konnte man sehen, wie ausgiebig Mister Orange schon gesucht hatte. Linus betrachtete die schmalen Finger, die ein Schalenschiffchen nach dem anderen lösten. Wie lange würde diese Suche noch dauern?

»Ich werde das wohl nicht mehr erleben«, sagte Mister Orange, als könnte er Linus' Gedanken hören. »Du vielleicht schon, später.«

»*So* viel später?«, fragte Linus enttäuscht. Dann musste er wirklich noch sehr lange warten. »Aber dann haben Sie doch die ganze Zeit umsonst gearbeitet?«

»Im Gegenteil!« Mister Orange schien es selbst gar nicht schlimm zu finden. Seine Augen funkelten hinter der schweren Brille. »So etwas ist eine lange Entwicklung, die schon angefangen hatte, bevor ich geboren wurde, und die einfach weitergeht. Dafür braucht es sehr viel mehr Menschen, das ist das Schöne daran.«

Die Musik hörte auf. Im selben Moment klingelte es. Als hätte der Klingelnde höflich gewartet, bis die Platte zu Ende gespielt war.

»Da ist mein Besuch.« Mister Orange ging in den Flur, um zu öffnen. Linus hörte die Haustür unten aufspringen. Schnelle Schritte kamen die Treppe herauf.

»Linus, das ist mein Freund Harry. Er führt mich zum Essen aus.« Das letzte Wort ging in einen Hustenanfall über. Der Mann, der Harry hieß, klopfte ihm fürsorglich auf den Rücken. Er war viel jünger als Mister Orange.

»Harry, das ist Linus, der Junge, der mich gesund hält«, fuhr er fort, als er ausgehustet hatte. »Er liefert mir die besten Apfelsinen New Yorks und nennt mich Mister Orange. Ist das nicht ein guter Witz?«

»Vor allem, wenn man bedenkt, dass dein Mister Orange nie etwas in Orange malen würde«, sagte Harry zu Linus.

»Außerdem stellt er die besten Fragen von ganz New York.« Mister Orange nahm eine Apfelsinenschale vom Tisch. »Linus fragt sich zum Beispiel, weshalb es keine Wörter für Gerüche gibt.« Er legte Harry die Schale auf die Hand. »Wir suchen einen Namen für den Duft einer Apfelsine. Was würdest du sagen?«

»Ich würde sagen … das ist tatsächlich eine gute Frage.« Er zwinkerte Linus zu.

Linus lachte ein wenig verlegen. »Ich muss nach Hause«, sagte er und stand auf.

Er bekam einen kräftigen Händedruck von Harry. »Gute Arbeit, Linus. Weiter so.«

Linus nickte. Er wusste nicht, ob Harry meinte, er müsse weiterhin so viele Apfelsinen liefern oder sich weitere Fragen ausdenken.

»Bis zum nächsten Mal.« Mister Orange zeigte auf seinen Malerkittel. »Ich muss mal meinen Ausgehanzug suchen.« Er spitzte die Lippen und sprach das letzte Wort ganz vornehm aus. Linus grinste. Er hob eine Hand und lief die Treppe hinunter. Vorsichtig, weil sein Kopf sich so schwer anfühlte von allem, was er gesehen und gehört hatte. Er wollte die neuen Gedanken in seinem Kopf nicht durcheinanderbringen. Er wollte sie aufbewahren, damit er sie später wieder zum Vorschein holen und von allen Seiten betrachten konnte.

12 Zu Hause gab es keinen Platz für die neuen Gedanken. Sis heulte an einem Stück, weil die Spieluhr beim Essen nicht laufen durfte. Wilke und Max stritten sich über Wilkes Zinnsoldaten, mit denen sie immer zusammen spielten. Wilke behauptete, Max hätte sie versteckt. Max rief empört, er sei der Ältere und der Boss, und der Boss stehle keine Soldaten.

Nach dem Essen flüchtete Linus in sein Zimmer. Er setzte sich auf die Bettkante.

Eine Tür schlug zu. Wilke schrie. Sis quengelte. Das leichte Gefühl vom Nachmittag war weit weg.

Linus seufzte. Er ließ sich aufs Bett fallen. Etwas pikste in seinem Rücken. Seine Hand suchte unter der Decke und brachte einen Zinnsoldaten zum Vorschein. Verärgert richtete er sich wieder auf. Wie oft hatten er und Simon nun schon gesagt, dass Max und Wilke nicht in ihrem Zimmer spielen durften? Er ging ins Wohnzimmer zurück und knallte den Soldaten vor Wilke auf den Tisch. Das half jedenfalls gegen sein Geschrei. Bis Sissie die Stille nutzte und erneut losbrüllte.

Linus ging zu seinem Bett zurück. Er drehte sich auf die Seite und starrte die Tapete an. Dieselbe Tapete wie überall im Haus. Bevor er Mister Orange kennengelernt hatte, hatte er nie darauf geachtet. Jetzt sah er plötzlich, wie einem das Muster der dunkelgrünen Blätter und roten Blumen entgegenschrie.

In der Zukunft wohnen alle anders; vielleicht erlebst du das noch, hatte Mister Orange gesagt.

Simon platzte ins Zimmer. Er warf die Tür mit einem Knall hinter sich zu.

»Ich habe eine Idee, wie wir es hier ein wenig herrichten können.« Linus setzte sich auf. »Wir könnten fragen, ob wir die Wände weiß streichen dürfen.«

»Weiß streichen?« Simon machte ein Gesicht, als würde er etwas Schlechtes riechen. Er zielte mit seiner Jacke auf den Haken an der Tür. »Wofür soll das gut sein? Wir sind doch hier nicht im Krankenhaus oder so?« Die Jacke fiel am Boden in sich zusammen. Simon stieß sich an Linus' Matratze ab und schwang sich nach oben. Das Bett ächzte und Linus wurde bei jeder Bewegung mitgeschüttelt.

»Dann wird es hier viel heller. Und dann wirkt es größer.« Linus zögerte. Sollte er Simon von Mister Orange erzählen?

»Was für ein idiotischer Plan. Was bringt es uns denn, wenn es hier größer *wirkt*?« Simon ließ sich aufs Bett fallen. Die Matratze bog sich in der Mitte durch und Linus konnte sich gerade noch rechtzeitig wieder hinlegen.

»Wir reden weiter, wenn du weißt, wie es hier größer *wird*.« Simons Socken segelten nacheinander herunter. Einer landete auf Linus' Decke. Er nahm ihn mit spitzen Fingern und schleuderte ihn möglichst weit von sich.

Apke würde die Idee gut finden, dachte Linus. Er drehte sich um, damit er den Plunder nicht sehen musste. Apke würde er von Mister Orange erzählen können.

Mit geschlossenen Augen ließ er die bunten Flächen durch seinen Kopf schweben. Er bildete sich ein, dass Sis' Weinen leiser wurde und er Simons Socken nicht mehr riechen konnte.

13

»Wir haben Post!« Wilke stand oben an der Treppe und wedelte mit dem Indianer-Kriegsbeil. Der Federschmuck war ihm über ein Auge gerutscht.

»Von Apke?« Linus drehte sich zu seinem Vater um, der im Laden mit einem Kunden sprach. *Geh schnell gucken,* sagten seine Augen.

Linus stellte den Karren ab und rannte die Treppe hinauf. Es war der Montag von Halloween und er war spät dran. Frau de Winter hatte ihn wieder den Schrank verrücken lassen, weil sie abermals ihre Schlüssel verloren hatte. Es ging schon auf fünf Uhr zu, als Linus sie endlich fand, dieses Mal unter einem anderen Schrank.

»Lies selbst.« Seine Mutter reichte ihm den Brief, aber die Kleinen verlangten, er solle ihn vorlesen.

> *Liebe Mutter, lieber Vater, liebe Sis, liebe Brüder,*
> *ein nächtlicher Bericht von mir, um Euch mitzuteilen, dass wir aufbrechen, tatsächlich früher als geplant. Während ich dies schreibe, bin ich ganz in Eurer Nähe. Ich sitze hinten auf einem Armeelaster und wir donnern im Konvoi durch Brooklyn.*

Wir sind unterwegs zu dem Terminal, wo die Schiffe liegen. Der Lärm, den wir dabei veranstalten, ist beeindruckend! Ich glaube, solange der Krieg dauert, wird hier in Brooklyn keiner mehr ein Auge zubekommen. In wenigen Stunden gehen wir an Bord. Wenn Ihr wach werdet (außer Vater, der natürlich schon lange auf ist), sind wir bereits auf offener See …
Ich denke an Euch.
In Eile, viele Grüße
Albert

PS: Mutter, vielen Dank für den Kuchen, auch im Namen vieler anderer. Er war eine Gefahr für unsere Gesundheit, es mussten fast ein paar Finger mit dran glauben!

»Jetzt fährt er wirklich, jetzt fährt er wirklich!« Wilke versuchte, das Kriegsbeil zu schwenken, ohne den Federschmuck zu verlieren. Max hielt das schwarze Zauberercape hoch über sich und ließ es hinter sich herflattern, während er durchs Zimmer rannte. Der dazu passende Zylinder lag auf einem Stuhl. Im letzten Jahr war Linus noch der Zauberer gewesen. Er wusste genau, wie dieser Hut an den Ohren scheuerte.
Jetzt fährt er wirklich, dachte Linus. Sein Bruder befand sich auf einem Schiff auf dem Weg nach Europa. Er starrte auf Wilke und Max, die um den Tisch Fangen spielten. Er konnte sich nichts darunter vorstellen.

»Appe, Appe!« Sis tanzte auf dem Tisch. Seine Mutter versuchte, ihre Füße in einen Kaninchenanzug zu stecken, gab es aber vorläufig auf und wartete, bis sie ausgezappelt hatte. Sie verdrehte die Augen und lachte Linus an. Es war nur ein dünnes Lachen.
»Geh ruhig«, sagte sie zu ihm mit einem Blick auf die Uhr. Es war fast halb sechs. Linus beugte sich über den Kostümkoffer. Er konnte noch zwischen Seeräuber und Cowboy wählen.

Draußen wurde es schon dunkel. Linus band das Seeräubertuch um den Kopf und versuchte im Rennen, die Schnüre der schwarzen Augenklappe hinter den Ohren zu verknoten. Es war ihm immer noch nicht gelungen, als er Liams Haus erreichte. Noch bevor er klingeln konnte, wurde die Tür aufgerissen. Ein Wolfskopf mit hervortretenden Augen schaute heraus.
»Was bist du spät!« Liams Stimme klang hohl hinter der Maske.
»Gerade kam Post von Apke«, sagte Linus, »sie sind unterwegs nach Europa.« Er fand, es klang immer noch seltsam.
»Europa! Meinst du, er geht nach Paris?«, fragte Rosie. Sie trug einen Hexenhut mit einer Maske und einer daran befestigten Perücke. Die Maske hatte kleine, runde Wangen und falsche Zähne. Ihr eigener Mund lag ein Stückchen darunter, sodass man zwei Reihen Zähne sah, eine schief und krumm, die andere schön gerade.
»Er macht doch keine Ferien! Es ist Krieg dort, oder hast du das vergessen?« Der Wolf schüttelte den Kopf.

»Sie sind jetzt mitten auf dem Ozean.« Linus gab Liam die Augenklappe und drehte ihm den Rücken zu, damit er sie festbinden konnte.

»Hast du deswegen deinen Matrosenanzug an?« Hinter Rosie kam Georgie MacKenna aus dem Haus. »Vielleicht finden wir ja ein Ruderboot für dich, dann kannst du ihm hinterher.« Er stellte sich neben Rosie, die Hände in den Jackentaschen und im Gesicht einen Ausdruck, als hätte er etwas Umwerfendes gesagt.

»Sei nicht so blöd, Georgie. Du bist ja nicht einmal verkleidet.« Rosie gab ihm einen Schubs, aber sie lachte dabei.

»Brauche ich nicht, ich bin schon selbst gruselig genug!« MacKenna knurrte und formte seine Hände zu Klauen. Rosie rannte schreiend davon, MacKenna hinter ihr her.

»Was wird *das* denn?!« Linus boxte Liam gegen den Arm.

»Ich habe doch gesagt, Rosie kommt mit?« Liam hatte seine Maske hochgeschoben, um besser sehen zu können. Er stellte sich dumm. »Meine Eltern sagten, sie dürfe nicht allein mit ihm losziehen.«

»*Rosie* sollte mitkommen, hast du gesagt.« Linus sah ihn ungläubig an. »Von MacKenna war nie die Rede.«

Georgie MacKenna war fast so alt wie Simon und schon zwei Mal sitzen geblieben. Darum war er jetzt in Rosies Klasse. Er war einer der nervigsten Jungen der Schule. Linus konnte nicht verstehen, dass Rosie etwas mit ihm zu tun haben wollte.

»Was hätte ich denn machen sollen?« Liam versuchte, Linus am Arm mitzuziehen. »Ich konnte doch schlecht Nein sagen?«
»Du hättest es mir wenigstens erzählen können.« Linus riss sich los.
»Wärst du dann mitgegangen?«, fragte Liam. Als ob *das* eine Entschuldigung wäre!
»*Natürlich* nicht!«, schnauzte Linus. Er wusste nicht, auf wen er wütender war: auf Liam, weil er den Mund gehalten hatte, oder auf sich selbst, weil er so blöd gewesen war, zu denken, Rosie hätte mit ihnen mitgehen wollen. Er kam sich auf einmal so dumm vor mit seiner Seeräuberverkleidung.
»Stell dich nicht so an! Du brauchst sie doch nur nicht zu beachten, während *ich* vorhin eine Stunde mit diesem Idioten drinnen warten musste«, sagte Liam vorwurfsvoll. »Weil du so unglaublich spät bist.«
»Das ist deine verdiente Strafe.« Linus versuchte, ihn mit seinem einen Auge böse anzuschauen. Liam lachte laut auf. Eigentlich wusste Linus auch nicht mehr so genau, worüber er sich aufregte. Er gab Liam einen extra festen Schubs. Sie rannten, um die anderen einzuholen.
Auf der Straße war viel los. Gruppen von Kindern gingen wie sie von Tür zu Tür und zwischen ihnen schwankten Soldaten von einer Kneipe zur nächsten. Vielleicht hatten die Soldaten Urlaub. Oder sie warteten auf ein Schiff, das auch sie nach Europa bringen würde.

Fast bei jeder Tür, an der sie ihr Lied sangen, bekamen sie auch etwas. Jedes Mal, wenn sie es sangen, veränderten sie mehr Wörter, bis sie selbst nicht mehr schlau daraus wurden. Ihre Tasche füllte sich schnell mit Süßigkeiten und Obst. Rosie und MacKenna blieben immer weiter zurück. Liam hatte recht; am besten beachtete man sie gar nicht.

Sie klingelten bei einem alten Herrn, der ihr Lied nicht abwartete, sondern langsam davonschlurfte. Sie schauten sich an, zuckten die Schultern und sangen einfach weiter. Als er endlich zurückkam, waren sie bestimmt schon drei Mal durch. Die beiden anderen hatten sie eingeholt. MacKenna streckte frech die Hand aus. Der Mann gab allen vieren je zwei kleine Birnen.

»Die sind ja steinhart«, sagte Georgie, noch bevor die Tür wieder zu war. Er nahm einen Bissen und spuckte ihn sofort wieder aus. »Verdammt!«, rief er. »Giftäpfel!«

»Das sind Kochbirnen«, sagte Linus wütend, »die kann man nicht roh essen.«

Neben ihnen öffnete sich die Tür einer Kneipe. Eine Hexe mit Strohhaaren kam lachend heraus, einen Soldaten an jedem Arm. Ein Monster mit einem Beil im Schädel zog eine Krankenschwester hinter sich her, die Uniform voller roter Flecken. Hinter ihnen ging jemand in einem Superman-Kostüm neben einem Soldaten. Sie hielten sich eng umschlungen. Supermans Anzug war dem Mann viel zu eng. An seiner Taille hatte sich eine Naht gelöst, durch die ein Stück weißes Hemd hervorlugte.

»Auf die andere Seite!« Das Monster mit dem Beil überquerte die Straße. Die anderen folgten.
»He, Superman!« Georgie MacKenna holte aus und warf die angebissene Birne nach ihm. »Beschütze dich mal selbst!« Die Birne verfehlte ihr Ziel, aber die zweite traf ihn am Rücken. Der Mann blieb mitten auf der Straße stehen und drehte sich um. Er nahm Kampfhaltung ein und machte ein paar Boxbewegungen in ihre Richtung. Ein Auto hupte und fuhr in großem Bogen um ihn herum. Georgie fischte eine Birne aus Liams Händen und zielte erneut. Dieses Mal versuchte der Mann, sie zu fangen, aber das Geschoss traf ihn voll auf die Brust.
»Ich ergebe mich!« Mit einem Grinsen hob er die Hände und rannte dann hinter seinen Freunden her. Georgie schwenkte die Faust, als gäbe es wirklich einen Sieg zu feiern, und zog Rosie mit sich.
»Dieser Superman hätte sich das nicht gefallen lassen dürfen.« Linus sah zu, wie er auf der anderen Straßenseite eine Kneipe betrat. Er steckte die restlichen Birnen in ihre Tasche. »Der verdient es nicht, einen solchen Anzug zu tragen.«
Liam legte Linus einen Arm um die Schulter. »Wirst du dich jetzt noch ein wenig amüsieren, Linus Mueller?«
Linus zuckte die Achseln. Wenn das Mister Super gewesen wäre, dachte er, während er sich von Liam mitziehen ließ, hätte er diesem George MacKenna bestimmt mal gezeigt, was Sache ist.

14 Erst nach dem zweiten Klingeln ging der Türsummer. Linus hob die Kiste hinein. Anfangs, als er seinen Job gerade übernommen hatte, war ihm eine Kiste voller Apfelsinen noch bleischwer vorgekommen und jetzt trug er sie locker die Treppe hinauf. Er klopfte und wartete. Es polterte heftig, bevor die Tür langsam aufging.

»Tag, Linus.« Mister Orange öffnete in einem Pyjama mit dunkelroten Streifen. Er trug eine gute schwarze Anzugjacke darüber, was seltsam dazu aussah. Er wirkte müde und hatte Bartschatten auf den Wangen. Seine Backe war geschwollen.

»Entzündet.« Mister Orange wies darauf. »Bin gestern beim Zahnarzt gewesen.« Seine »s« klangen seltsam.

»Mir geht es ziemlich erbärmlich und ich bitte dich deswegen lieber nicht herein.« Er nahm eine Apfelsine aus der Kiste, die Linus noch immer festhielt.

»Ich hoffe, es geht Ihnen bald wieder besser«, sagte Linus. Er stellte die Kiste neben der Tür ab.

»Wird schon werden.« Mister Orange versuchte zu lächeln. »Vergiss die nicht«, sagte er und hielt ihm die Apfelsine hin. Er ging mit zur Treppe und schaute Linus hinterher.

»Wie geht es eigentlich deinem Bruder?«, fragte er plötzlich. Linus war schon halb die Treppe hinunter.

»Habt ihr Nachricht von ihm?«

»Er ist unterwegs nach Europa«, rief Linus hoch. »Auf einem Schiff.«

»Das ist eine lange Reise.« Mister Orange lehnte über der Balustrade. »Die habe ich auch gemacht. Aber in umgekehrter Richtung, von England aus.«
Linus blieb stehen.
»Vor drei Jahren. Der Krieg hatte gerade erst angefangen.«
»Wie war es auf dem Schiff?« Linus ging ein paar Stufen hoch. »Gab es einen Pool an Bord?« Liam und er schauten manchmal zu, wenn ein Ozeandampfer im Hudson anlegte. Man fühlte sich wie eine Ameise, wenn man vom Kai nach oben sah. Es gab mehrere Decks übereinander. Auf einem Plakat hatte er einmal Fotos von einem Schiff mit einem Pool auf dem Oberdeck gesehen.
»Ein Schwimmbad?« Mister Orange runzelte die Stirn. »An ein Schwimmbad erinnere ich mich nicht. Und wenn es das gegeben hätte, wäre es vermutlich als Lagerraum genutzt worden. Das Schiff war brechend voll. Und im Übrigen dachte niemand an Schwimmen.«
»Warum nicht?« Ein Pool mitten auf dem Meer – Linus hätte es ewig schade gefunden, eine solche Chance zu verpassen.
»Wir hatten genügend andere Dinge im Kopf.« Mister Orange sah aus, als wäre er erstaunt, dass Linus danach fragen musste. »Vor allem hatten wir natürlich Angst.«
»Angst?«, fragte Linus, plötzlich beunruhigt. Er kam weiter die Treppe hoch.
»Dass wir angegriffen werden könnten.« Mister Orange setzte sich auf die oberste Stufe. »Der Feind suchte mit Unterseebooten

den ganzen Ozean nach unseren Schiffen ab. U-Boote nennen sie die Dinger.«

Linus nickte. U-Boote kannte er aus den Comicgeschichten über den Krieg. Apke hatte auch eine gute Zeichnung mit U-Booten gemacht.

»Deswegen fuhren wir mit möglichst vielen Schiffen im Konvoi. Das war der einzige Schutz vor Angriffen«, erklärte Mister Orange. Den Schmerz in seinem Kiefer schien er vergessen zu haben. Linus setzte sich neben ihn. Er hatte nicht darüber nachgedacht, dass die Überfahrt gefährlich sein könnte.

»Vor allem nachts war es spannend. Wir fuhren dann verdunkelt, um uns dem Feind nicht zu verraten.« Er starrte vor sich hin, als könnte er durch die Wand in die Ferne sehen, bis zum Horizont. »Ich saß Tag und Nacht auf Deck, weil ich seekrank war.« Er sah Linus kurz von der Seite an. »Meistens war es bewölkt. Dann war es stockfinster, so mitten auf dem Meer. Keine Sterne, kein Mond, kein Horizont, nichts, an dem sich das Auge festhalten konnte. Nach einiger Zeit wusste man nicht mehr, wo oben war und wo unten.« Sein Lächeln war ein wenig traurig. Vielleicht kam es auch durch die dicke Wange.

»Das Rauschen der Wellen, den Wind in den Ohren … das Stampfen der Maschinen spürte man eher, als dass man es hörte. Sonst gab es nichts. Eine lange Nacht um die andere.«

Linus hielt den Atem an.

»Das Seltsame war: Man wusste, dass andere Schiffe um einen

herum mitfuhren. Tagsüber konnte man sie sehen. Aber nachts im Dunkeln bekam man das Gefühl, ganz allein zu sein.« Er schüttelte den Kopf.

»Wenn der Mond zum Vorschein kam, konnte man die Schaumköpfe auf den Wellen wie blendend weiße Streifen aufleuchten sehen. Das war ein geradezu festlicher Anblick. Und dann tauchte plötzlich der Umriss eines anderen Schiffes auf. Ich war immer verblüfft, wie nah es war.« Er atmete tief ein und ließ die Luft langsam wieder entweichen.

»Es war eine Reise, die einfach nicht enden wollte …«

Eine Weile blieb es still.

»Aber diese U-Boote haben Ihr Schiff nicht gefunden?«, fragte Linus schließlich.

»Zum Glück nicht!« Mister Orange klang so erleichtert, als wäre er gerade erst von Bord gegangen. Er fasste nach dem Treppengeländer und zog sich langsam hoch.

»Und doch bin ich noch jeden Tag froh, dass ich es gewagt habe. Ich hätte das alles hier unter keinen Umständen versäumen wollen!« Er breitete die Arme aus. Die schwarze Jacke hing locker um ihn.

»New York ist eine Stadt, auf die man stolz sein kann.« Er sah Linus eindringlich an. »Du hast Glück, dass du hier geboren bist.«

»Meinen Sie?« Linus stand auf. So hatte er es noch nie betrachtet.

»New York ist die Stadt der Zukunft«, sagte Mister Orange in einem Ton, als wäre das selbstverständlich. »Nach dem Krieg wird die ganze Welt anders. Besser als je zuvor, davon bin ich überzeugt. Und in einer modernen Stadt wie dieser merkt man das zuerst. Du kannst es sogar *jetzt* schon spüren.« Er berührte Linus kurz an der Schulter.

»Dein Bruder wirkt daran mit, weil er kämpft. Noch mehr, worauf du stolz sein kannst.« Er hob die Hand, bevor er hineinging.

Linus lief die Treppe hinunter. Stolz war er schon lange auf Apke. Aber nach der Geschichte von Mister Orange versuchte ein anderes Wort sich in seinen Kopf zu schleichen. Ein Wort, für das er überhaupt keinen Platz machen wollte. Unten schlug er die Tür mit einem Knall hinter sich zu. Als hoffte er, es damit verscheuchen zu können.

15

Immer wenn Simon sich oben umdrehte, wackelte auch Linus' Bettstatt unten. Er hatte noch kein Auge zugemacht. Die Geschichte vom Nachmittag ging ihm einfach nicht aus dem Kopf.

Mister Orange war nach New York gekommen, um dem Krieg zu entgehen. Apke war weggegangen, um in Europa zu kämpfen. Als hätten sie den Platz getauscht, dachte Linus. Vielleicht war Apke ja jetzt auf dem Schiff von Mister Orange.

Durch den Vorhangspalt sickerte Licht ins Zimmer. Das Licht der Stadt, das immer da war, Wolken hin oder her. Linus konnte den Umriss des Bettes über seinem Kopf erkennen, er sah Simons Jacke auf dem Boden, seine eigene Tasche daneben.

Es musste dunkler sein. Er zog sich die Decke über den Kopf. Wenn er jetzt blinzelte, merkte er keinen Unterschied zwischen Augen offen und Augen zu. Er stopfte die Finger in die Ohren, um das Schnarchen seines Vaters durch die dünne Wand nicht zu hören.

Vielleicht saß Apke jetzt im Dunkeln an Deck. Vielleicht lag er auf dem Rücken und suchte den Himmel nach Sternen ab. Linus versuchte sich auszumalen, er läge neben ihm; diese Vorstellung beruhigte ihn. Wenn er den Atem anhielt, konnte er die Wellen fast am Bug entlangrauschen hören. Schau! Dort standen schon die ersten Sterne am Himmel …

Nur blöd, dass es gerade zu hageln anfängt. Es pikst gemein. Wie kann Apke bloß einfach weiterschlafen? Jetzt kommt der Mond hervor und er sieht, dass es gar kein Hagel ist. Es sind kleine Zinnsoldaten, mit ihren spitzen Bajonetten im Anschlag stürzen sie sich herunter. Er muss kämpfen! Kämpfen für die Zukunft! Er schwenkt wild die Arme. Aber Moment mal – wenn es um die Zukunft geht, wo bleibt dann Mister Super?

»Ich habe zu tun!« Mister Super sitzt am Pool, seine Beine baumeln über den Rand. In seiner weißen Unterwäsche ist er im Mondlicht gut zu erkennen. Der Anzug liegt auf seinen Knien.

»Du willst doch nicht jetzt deinen Anzug flicken?«

»Uniform«, korrigiert Mister Super. »Diese Mistsoldaten haben überall Löcher hineingestochen, die Naht an meiner Taille hat sich gelöst.«

»Und wozu soll das jetzt gut sein? Die Zukunft steht auf dem Spiel!«

»Die Zukunft kann nun wirklich einen Moment warten.« Mister Super näht mit sorgfältigen kleinen Stichen. »Ich muss auch auf meinen Stil achten. Wie kann ich anderen zeigen, wo es langgeht, wenn ich selbst eine schlechte Figur mache?« Stolz hält er den Anzug in die Höhe. Das Gelb des Stoffes leuchtet im Mondschein besonders auf. Die blauen Handschuhe wirken fast grün.

Der Mond verschwindet hinter einer Wolke. Warum ist es bloß so drückend? Er bekommt fast keine Luft mehr, kann sich kaum noch bewegen. Je mehr er versucht loszukommen, desto fester steckt er. Ihm wird immer wärmer.

»Jetzt lieg doch mal still!« Wer hat das gesagt? Jetzt, da seine Arme endlich frei sind, bekommt er auch wieder Luft. Und plötzlich ist es hell. Viel zu viel Licht! Licht ist gefährlich.

»Wir müssen verdunkeln!« Er strampelt, um seine Beine zu befreien.

»Okay, okay. Ich mache das Licht aus, wenn du endlich Ruhe gibst.« Seltsam, dass sich die Stimmen von Mister Super und Simon so sehr ähneln. Das Licht ist so grell, er kann nichts sehen …

Es dauerte eine Weile, bevor Linus in dem dunklen Fleck über sich Simons Kopf erkannte. Einen Augenblick dachte er, Simon würde lachen, aber das lag daran, dass er kopfüber hing.
»Du machst noch alle wach«, sagte der Kopf wütend.
»Ich hatte einen Albtraum«, sagte Linus. Sein Herz klopfte. Er hatte sich vollständig in seinem Bettzeug verheddert.
»Lass das gefälligst«, knurrte Simon. Sein Kopf verschwand, das Licht ging aus.
Linus befreite seine Beine. Er fasste unter das Bett und tastete nach seiner Taschenlampe und Apkes Heft, das er sich am Abend angeschaut hatte. Er zog sich die Decke über den Kopf. Im schwachen Lichtschein blätterte er zu der Zeichnung mit dem U-Boot. Mister Super schwebte über das Deck, in der Luft gehalten von kleinen Dampfwolken. Er machte gerade einen Knoten in das Stahlrohr des Periskops, das aus dem U-Boot ragte. Der Knoten war ein wenig schludrig gezeichnet, aber er hatte den gewünschten Effekt. Der Ozeandampfer, der so eben noch am Horizont zu erkennen war, konnte unbeschädigt weiterfahren.
Wie lange dauerte so eine Überfahrt eigentlich? Dumm, dass er das am Nachmittag nicht gefragt hatte. Jetzt hatte er keine Ahnung, wann sie wieder mit einer Nachricht von Apke rechnen konnten.
Es wurde stickig. Linus schaltete die Taschenlampe aus und schlug die Decke zurück. Aber auch nachdem er wieder frei atmen konnte, wurde er das beklemmende Gefühl nicht ganz los.

16 »Keine Nachrichten sind gute Nachrichten«, sagte Nachbarin Hensen jeden Tag. Sobald der Postbote da gewesen war, kam sie wegen einer Kleinigkeit in den Laden. Zwei Tomaten, eine Zwiebel, zur Not bat sie nur um einen Zweig Petersilie. Und dann fragte sie ganz nebenbei, ob es schon Neuigkeiten von Apke gebe.

Wenn es irgendwie ging, verschwand Linus' Mutter, sobald sie die Nachbarin kommen sah, und schickte eines der Kinder hinunter, um kurz im Laden zu helfen. An den Nachmittagen, an denen Linus schon zu Hause war, wickelte er eine Stange Lauch für die Nachbarin in eine Zeitung oder wog ein halbes Pfund Tomaten ab und antwortete, es sei heute keine Nachricht gekommen.

»Morgen vielleicht«, sagte die Nachbarin im Hinausgehen.

»Morgen vielleicht«, wiederholte Linus höflich. Wenn er wieder nach oben kam, stand seine Mutter am Fenster und starrte hinaus.

»Die Frau geht mir allmählich auf die Nerven«, sagte sie. Mit einer Hand zog sie an den Fingern der anderen. Vom kleinen Finger zum Daumen und wieder zurück, immer aufs Neue. Linus nickte. Er fand es auch schwierig, so lange auf Nachrichten warten zu müssen.

Morgen vielleicht.

Aber als er das nächste Mal zu Mister Orange ging, war immer noch keine Post gekommen. Schon fast drei Wochen, dachte

Linus beim Treppensteigen. Er wollte mehr über die Schiffsreise von Mister Orange wissen, also passte es gut, dass er so früh dran war. Er brauchte heute nicht bei Frau de Winter vorbeizugehen. Sie liege im Krankenhaus, hatte sein Vater gesagt.

Hinter der Tür hörte er Musik. Die Musik mit dem witzigen Namen, wie hatte Mister Orange sie auch wieder genannt? Gleich fragen. Schnelle Schritte näherten sich. Linus hörte jemanden lachen, eine hohe Stimme. Die Tür schwang auf.

»Linus!« Die Stimme von Mister Orange klang fast vergnügt. Er trug einen schwarzen Anzug und machte eine Verbeugung, die zu diesem Anzug zu gehören schien. Linus erkannte die Jacke, die er beim letzten Mal über seinem Pyjama getragen hatte. Keine Spur mehr von einer dicken Wange.

»Ich habe heute Nachmittag Besuch, du verzeihst mir hoffentlich, dass ich sie nicht für dich schälen kann.« Mit einer anmutigen Geste überreichte er Linus eine Apfelsine und beugte sich vertraulich zu ihm. »Eine Dame, die Bilder kaufen will. Eine Journalistin!« Seine Augen leuchteten.

»Bis zum nächsten Mal.« Er hob den Daumen, und noch ehe Linus etwas sagen konnte, schlug die Tür wieder zu.

Langsam ging Linus die Treppe hinunter. Jetzt wusste er immer noch nicht, wie lange die Schiffsreise gedauert hatte. Ein wenig enttäuscht schob er seinen Karren durch das Tor. Es war ein dunkler Nachmittag. Drinnen war das Licht schon eingeschaltet, sah er, als er an dem Gebäude hinaufschaute. Es machte die

Fenster zu warmen gelben Vierecken. Wenn er gut hinhörte, konnte er die Musik trotz der Straßengeräusche hören.
Boogie-Woogie. Plötzlich wusste er wieder, wie diese Musik hieß.

Zu Hause öffnete ihm seine Mutter die Ladentür. Sobald er ihr breites Lächeln sah, wusste Linus, was es zu bedeuten hatte.
»Post?«, fragte er atemlos. Sie zuckte die Schultern und sagte nichts, aber in ihren Augen las er, dass er richtig geraten hatte. Oben in der Wohnung hing eine fröhliche Spannung in der Luft. Der Umschlag lehnte an einer Vase auf dem Büfett. Linus nahm ihn in die Hand. Dieses Mal war es ein dicker. Er strich mit einem Finger über die regelmäßigen Buchstaben und stellte den Umschlag mit einem Seufzen wieder zurück.
Erst als der Laden geschlossen war und endlich alle um den Tisch saßen, ritzte ihr Vater ihn vorsichtig auf.

Ihr Lieben,
nach zehn Tagen auf einem voll beladenen Schiff sind wir in Italien angekommen. Wir waren alle erleichtert, als wir von Bord konnten. Jetzt, da ich meine Beine wieder ausstrecken und besser schlafen kann, geht es mir gut. Die meisten sind wie ich froh, dass das Warten ein Ende hat und dass es jetzt wirklich losgeht. Das ist besser als nur abwarten. In den letzten Monaten wurde hier hart gekämpft. Die Soldaten, die schon länger hier Dienst tun, sind froh um die Verstärkung. Was wir

genau machen werden, wurde uns noch nicht mitgeteilt, aber ich vertraue darauf, dass wir gut vorbereitet wurden.
Hier im Lager habe ich einen anderen New Yorker getroffen. Er wohnt bei uns im Viertel, in der 78th in der Nähe vom East River, Nummer 468. Er heißt Gervasi Bartali, seine Eltern haben einen Delikatessenladen.

»Ich weiß, wo das ist«, sagte Linus überrascht, »auf dem Weg zu Castelli komme ich fast daran vorbei.«
»Ruhe jetzt!«, rief Wilke. Max verpasste ihm einen Stoß mit dem Ellbogen. Ihr Vater schaute in die Tischrunde und wartete.

So weit weg von zu Hause fühlt es sich vertraut an, jemanden von daheim in der Nähe zu haben, auch wenn ich ihn natürlich nicht wirklich kenne. Wir reden über Orte in New York, die wir beide mögen, und über unsere Familien.
Gervasi erzählte mir von etwas, das ihn schon seit Wochen beschäftigt. Es hat mit seiner Mutter zu tun. In seiner Familie haben sie die seltsame Angewohnheit, der Mutter an ihrem Geburtstag einen großen Schrecken einzujagen. Das ist eine alte Tradition. Es sei gut für ihre Gesundheit, etwas mit ihrem Kreislauf oder so. Je heftiger sie erschrickt, desto besser: Dann bleibt sie im kommenden Lebensjahr gesund. Traditionsgemäß versteckt Gervasi darum an ihrem Geburtstag irgendwo im Haus eine Spinne (oder zwei). In der Zuckerdose, in der Kassen-

schublade, in der Streichholzschachtel in der Küche. Sein einziger Bruder ist auch im Krieg und es gefiel ihm gar nicht, dass die Tradition in diesem Jahr nicht fortgesetzt werden würde … aber als er von meinen vier Brüdern hörte, fragte er, ob nicht einer von Euch ihm helfen könne. Das scheint mir die perfekte Aufgabe für Dich, Linus. Seine Mutter glaubt natürlich, dass sie dieses Jahr nicht auf der Hut sein muss!

Der Plan ist folgendermaßen: Jeden Sonntag- und Mittwochabend stellt seine Mutter die Kiste für den Milchmann raus. Nicht so eine selbst gezimmerte wie unsere, sondern eine aus Metall, in der man die Flaschen kühl halten kann. Man sieht sie nicht direkt von der Straße aus, sie passt in eine Nische neben der Ladentür. Der Milchmann stellt gegen sechs Uhr am nächsten Morgen zwei Flaschen Milch hinein. Um sieben Uhr holt seine Mutter die Kiste ins Haus. Das heißt, Linus, dass Du am Montag, den 6. Dezember, eine Stunde Zeit hast, ein paar lebende Spinnen dazuzustecken. Und eine Glückwunschkarte von Gervasi, die ich diesem Brief beilege.

Er lässt Dich grüßen und ist Dir sehr dankbar. Genau wie seine Mutter, sobald sie sich von ihrem Schrecken erholt haben wird.

Es ist schwierig, sich vorzustellen, dass bei Euch alles seinen gewohnten Gang geht. Wie ist es bei der Zeitung, Simon? Ist der alte Mercier noch immer so schnell eingeschnappt? Und der Kaffee bei Frau Ling in der Kantine immer noch so unge-

nießbar? Ich hätte nie gedacht, dass ich mich jemals danach sehnen würde, eine Tasse von dem Gebräu in Händen zu halten. Was sie hier als Kaffee bezeichnen, ähnelt ihm höchstens entfernt, weil er warm ist, aber oft ist selbst das nicht der Fall.
He Max, hältst du Wilke ein wenig unter Deiner Fuchtel? Oder lasst Ihr Euch beide von Sis herumkommandieren? Linus, weißt Du, dass die neusten Comics stapelweise hier angeliefert werden? Alle verschlingen die Geschichten. Hast Du die Umschlagzeichnung auf der neusten Ausgabe schon gesehen? Hätten wir bloß wirklich solche Motorräder hier …
Ich denke an Euch und ich vermisse Euch, zumindest, wenn man mir die Zeit dafür lässt. Einen Kuss für Mutter und Sis.
Ciao! Euer
Alberto

Ihr Vater faltete den Brief zusammen. Aus dem Umschlag zog er einen etwas kleineren Umschlag und legte ihn auf den Tisch. Alle drängten sich darum. Signora Bartali, stand in kleinen, spitzen Buchstaben darauf.
»Finger weg! Alle Finger weg!« Ihre Mutter nahm den Briefumschlag und hielt ihn außerhalb der Reichweite schmuddeliger Kinderhände. Beim Vorlesen der Stelle über Gervasis Mutter hatte sie die ganze Zeit dagesessen und den Kopf geschüttelt, aber jetzt musste sie doch lächeln.

»Ich werde ihn für dich aufbewahren«, sagte sie mit einem Augenzwinkern zu Linus. Sie legte ihn in die Schublade des Büfetts zu den wichtigen Papieren. Wo auch die anderen Briefe von Apke lagen.

17

Linus konnte es kaum erwarten, Liam von seinem Auftrag zu berichten. Wenn der davon erfuhr, wollte er bestimmt mitmachen. Vielleicht konnten sie sich morgen nach seiner Runde verabreden und die Umgebung des Ladens von Bartali gemeinsam erkunden. Linus wollte nichts dem Zufall überlassen. Am 6. Dezember durfte nichts schiefgehen.

Aber als er am nächsten Morgen in die Schule kam, war Liam schon in seinem Klassenzimmer. Und auch mittags nach der Schule sah er ihn nirgends mehr. Meistens warteten sie aufeinander und gingen ein Stück gemeinsam, aber in den letzten Wochen schien Liam für nichts mehr Zeit zu haben. Als Linus ihn am Samstag abholen wollte, um mit ihm den neuen *Action Comics* zu kaufen, war Liam nicht einmal vor die Tür gekommen. Er hatte vom Fenster oben heruntergerufen, er könne nicht mitkommen, weil er seinem Vater helfen müsse. Das war seltsam, denn anders als bei Linus zu Hause brauchte Liam fast nie zu helfen.

Lange konnte er nicht auf ihn warten, er musste auf seine Lieferrunde. Dann würde er die erste Lageerkundung am Nachmittag eben allein machen. Wenn er noch Zeit hatte, konnte er nachher noch schnell bei Liam vorbei.

Er hob sich Castelli für das Ende seiner Tour auf, und als er die Bestellung beim Restaurant abgeliefert hatte, ging er die 78th Street weiter zum East River hinunter. Schon von der gegenüberliegenden Seite aus konnte er das Aushängeschild lesen. *Bartali Delikatessen*. Es war viel los im Laden. Ein kleiner untersetzter Mann stand hinter der Theke. Linus sah, wie der Mann auf eine Trittleiter kletterte, um etwas von einem hohen Regal zu nehmen. Es gingen so viele Kunden ein und aus, dass Linus im Gedränge nicht auffallen würde. Er parkte seinen Karren hinter ein paar Zeitungsständern und überquerte die Straße.

Aus der Nähe sah er, dass die Großbuchstaben B und D auf dem Aushängeschild zusammen eine Girlande aus gemalten Würsten bildeten. Gerade als er möglichst unauffällig an der Schaufensterscheibe entlangspazierte, kam eine Frau von der Rückseite des Ladens herein. Über dem Kleid trug sie genauso eine Schürze wie seine Mutter, mit einer großen Tasche in der Mitte. Bevor er mehr sehen konnte, war er schon am Schaufenster vorbei.

Er ging noch ein Stück weiter, bevor er umkehrte. Als er wieder am Fenster vorbeikam, stand die Frau neben dem Mann hinter der Theke. Sie war genauso klein wie er und fast ebenso rund. Der Mann hatte ihr einen Arm um die Schulter gelegt und sagte etwas zu einem Kunden, während er mit der anderen Hand gestikulierte. Die Kunden im Laden lachten. Die Frau lachte mit, ein wenig verlegen, und steckte die Hände in die Tasche auf ihrem Bauch. Sie hatte ein witziges Lachen; Linus musste ganz von selbst mitlachen. Er ertappte sich dabei, dass er vor dem Schaufenster stehen geblieben war. Als er weitergehen wollte, sah er das Banner. Links unten im Schaufenster. Nicht so auffällig, dass es angeberisch wirkte, aber gut sichtbar. *Zwei* blaue Sterne! Sie ließen sein Herz schneller klopfen.

Es musste klappen, dachte Linus, als er die Straße wieder überquerte. Er schaute sich noch einmal zu den blauen Sternen um. Etwas für einen Soldaten tun war eigentlich auch eine Art Kriegshilfe. Vielleicht nicht dasselbe, wie ganz allein ein U-Boot aufzuhalten … aber doch wollte er diesen Auftrag so gut wie möglich ausführen. Die Gesundheit von Frau Bartali stand auf dem Spiel. Und er wollte, dass Apke stolz auf ihn wäre.

Er ging schnell. Es war noch genügend Zeit, um vor dem Essen bei Liam vorbeizuschauen. Vielleicht ist Rosie ja zu Hause, dachte Linus, als er um die Ecke von Liams Straße bog. Dann konnte sie seine Geschichte auch gleich hören …

Er blieb stehen. Vor Liams Tür stand MacKenna, einen Arm gegen den Türrahmen gelehnt. Der schäkerte sicher mit Rosie herum. Zögernd ging er weiter. MacKenna hatte bestimmt wieder so einen blöden Spruch parat, wenn Linus von seinem Auftrag erzählte. Darauf hatte er überhaupt keine Lust … aber er wollte Liam so gern die Neuigkeiten erzählen.

Er blieb wieder stehen. Es war gar nicht Rosie, mit der MacKenna sprach, sondern Liam. Er lachte über etwas, das MacKenna sagte, und schaute über seine Schulter. Direkt in Linus' Augen. Sein Lachen schwand, plötzlich wurde sein Blick ganz komisch. Als wäre er bei irgendetwas erwischt worden.

MacKenna drehte den Kopf, um zu sehen, wonach Liam schaute. Sobald er Linus bemerkte, machte sich ein schräges Grinsen auf seinem Gesicht breit. Gleichgültig schaute er wieder vor sich.

Linus kehrte ohne ein Wort um.

»Linus!«, rief Liam. Linus ging schneller. Er läuft mir bestimmt nach, dachte er. Und dann erklärt er es mir und ich habe es einfach falsch verstanden. Liam wird sich bestimmt nicht mit jemandem wie Georgie MacKenna einlassen.

Aber als Linus die Ecke erreichte, hatte Liam ihn immer noch nicht eingeholt. Er sah sich um. Liam stand immer noch mit MacKenna vor der Tür. Er sah Linus hinterher, aber er tat nichts. Gab ihm nicht einmal ein Zeichen, er solle warten. Überhaupt nichts.

Darum hatte Liam nie Zeit! Linus stampfte um die Ecke. Weil er auf einmal so dick mit MacKenna war. Er fühlte sich wahrscheinlich geschmeichelt, dass er von so einem großen Jungen beachtet wurde.

Wenn das so war, bitte. Linus zog die Schultern hoch und ging schneller. Wenn Liam sich lieber mit MacKenna traf als mit ihm, sollte er das ruhig machen. Linus kam prima ohne ihn klar.

18

Der allerbeste Ort zum Spinnenfangen war hinten im Hof, in der dunklen Ecke bei der Kartoffelkiste. Dort hockten so dicke, dass sie Linus fast selbst Angst einjagten. Am Sonntagnachmittag hatte er schon zwei gefangen und in ein Marmeladenglas mit Löchern im Deckel gesetzt.

Sein Vater hatte ihn am Montagmorgen geweckt, bevor er zum Markt ging. Als Linus nach unten kam, noch schlaftrunken, war seine Mutter auch schon aufgestanden. Sie gab ihm den Briefumschlag und ließ ihn zur Ladentür hinaus.

»Gleich zurückkommen«, legte sie ihm ans Herz. Die Kälte draußen machte ihn sofort hellwach. Als er sich an der Ecke umschaute, stand sie immer noch da und sah ihm hinterher. Er hob grüßend die Hand, aber er konnte nicht erkennen, ob sie zurückwinkte.

Linus hielt das Marmeladenglas unter seiner Jacke. Der Umschlag mit der Karte steckte sicher in seinem Hosengürtel. Wenn er sich beeilte, waren es zwölf Minuten bis zu Bartalis Laden.

Es war dunkel und es wehte ein kalter Wind. Noch vor halb sieben hatte er die Straße von Bartalis erreicht. Kurz hinter der Ecke kam er am Milchmann vorbei. Der pfiff eine Melodie und zwinkerte ihm zu. Linus hätte schwören können, dass es ein Zeichen war. *Die Luft ist rein.* Einen Moment musste er an Liam denken. Zu zweit wäre es noch schöner, die … Nicht dran denken. Er holte tief Luft und sah zu dem Laden auf der anderen Seite hinüber.

»Soll ich dir vielleicht helfen?« Mister Super hängt dicht hinter Linus in der Luft, die Daumen in seinen breiten Taillengürtel gehakt. Das Rot des Gürtels hebt sich schön von seinem gelben Anzug ab. »Gib mir ruhig das Glas.«

»Nein!«, ruft Linus. Es hallt in der leeren Straße. Erschrocken schaut er sich um. Keiner zu sehen. Der Milchmann ist um die Ecke verschwunden.

»Wirklich, ich mach das schnell. Keiner sieht mich.« Mister Super umkreist Linus und versucht, ihm das Marmeladenglas wegzunehmen.

»Ich mach das selbst.« Linus muss sich auch im Kreis drehen, um das Glas außerhalb von Mister Supers Reichweite zu halten. »Es ist mein Auftrag.« Den lässt er sich von niemandem nehmen.

»Und im Übrigen: Du hast anderes zu tun.« Selbst wenn er flüstert, klingt es laut in der stillen Straße. »U-Boote außer Gefecht setzen. Verwundete Soldaten aus der Schusslinie ziehen. Bomben entschärfen.«

»Das mache ich schon den ganzen Tag«, sagt Mister Super. »Ich darf mir doch auch mal eine Abwechslung gönnen?« Unerwartet dreht er sich in die andere Richtung. Fast hätte er Linus gehabt.

»Du bringst meinen ganzen Plan durcheinander!« Er macht Linus nervös. »Was, wenn mich jemand bemerkt?«

»Ich sehe schon.« Mister Super klingt beleidigt. »Ich darf mich wieder um die Dreckarbeit kümmern.«

»Drecksarbeit?« Linus ist so empört, dass er zu flüstern vergisst. »Das Leben der Soldaten hängt davon ab!«

»Okay, okay, ich gehe ja schon.« Mister Super hebt abwehrend die Hände in die Luft. »Es war ja nur ein Scherz.« Aber er lacht nicht dabei.

Linus hört Schritte hinter sich. Erschrocken schaut er sich um.

Ein Mann kam auf ihn zu, den Hut gegen den Wind tief in die Augen gezogen. Linus wartete mit angehaltenem Atem. Erst als der Mann vorbeigegangen war, ohne ihn zu beachten, atmete Linus auf. Als er wieder vor sich schaute, war Mister Super verschwunden.

Er drückte das Marmeladenglas an sich und überquerte die Straße. In Bartalis Laden war noch alles dunkel. Im Licht einer Straßenlaterne konnte er die metallene Milchkiste sofort sehen. Er kniete sich hin, stellte das Glas ab und hob den Deckel. Zwei volle Flaschen. Bislang stimmte alles.

Linus schaute sich um. In der Ferne wechselten zwei Fußgänger die Straßenseite, aber die waren weit genug weg. Er zog den Umschlag aus seinem Hosengürtel und steckte ihn hinter den Milchflaschen in die Kiste.

Vorsichtig schraubte er das Marmeladenglas auf. Die Spinnen blieben reglos sitzen. Es waren zwei Prachtexemplare. Er fasste ins Glas und fing sie beide in einer Hand. Sie kribbelten zart in seiner Handfläche, auf der Suche nach einer Fluchtmöglichkeit. Ein Schauder lief ihm über den Rücken. Er steckte die Hand in die Milchkiste und hielt mit der anderen den Deckel möglichst dicht. Es war kalt in der Kiste. Viel kälter noch als draußen. Konnten Spinnen frieren? Nicht zögern jetzt! Gleich würde er noch Mitleid mit ihnen bekommen.

Er öffnete seine Hand und spürte, wie sich die Spinnen aus dem Staub machten. Schnell zog er die Hand zurück und ließ den Deckel fallen. Er drückte ihn sorgfältig zu.

Erleichtert stand er auf und rannte über die Straße. Schräg gegenüber sah er einen dunklen Hauseingang, von dort konnte er den Laden gut im Auge behalten. Aber es war zu kalt, um lange stehen zu bleiben. Damit ihm wärmer wurde, ging er auf und ab. Es begann sachte zu regnen.

Als er sich gerade fragte, ob er nicht lieber nach Hause gehen sollte, flackerte hinten im Laden ein Licht auf. Er sah einen Schatten, der sich durch den Laden bewegte. Die Tür ging auf, eine kleine runde Gestalt kam heraus. Er konnte nicht erkennen, ob es Herr oder Frau Bartali war. Die Gestalt bückte sich und nahm die Kiste. Die Tür schloss sich wieder und keine zehn Sekunden später ging auch das Licht hinten wieder aus.

Ohne zu wissen, worauf er eigentlich wartete, spähte Linus noch eine Weile zum dunklen Schaufenster hinüber. Vielleicht hatte er ja gehofft, einen Schrei zu hören … aber es geschah überhaupt nichts.

Langsam ging er die Straße hinunter. Erst als er um die Ecke war, fing er an zu laufen. Es hatte geklappt! Apke konnte stolz auf ihn sein. Ausgelassen rannte Linus durch die dunklen Straßen. Allmählich wurde ihm wieder warm.

Bis hierher hatte alles funktioniert. Aber um zu hören, wie es ausgegangen war, musste er auf den nächsten Brief aus Europa warten.

19

Nichts konnte Linus' gute Laune an diesem Tag verderben. Der Regen nicht, der immer heftiger fiel, und nicht einmal Liam, den er nach der Schule mit hochgezogenen Schultern die Straße überqueren sah. Seit Linus vergangene Woche wütend weggelaufen war, hatten sie nicht mehr miteinander gesprochen. Immer wenn er Liam zu Gesicht bekam, wandte Linus ihm den Rücken zu.

Im strömenden Regen begann er seine Runde. Die Kappe tief in die Augen gezogen, lotste er den Karren so gut wie möglich um die Pfützen. In der 76th Street türmte sich Hausrat auf dem Bürgersteig. Um ihn zu umgehen, musste Linus mit seinem Karren ein Stück auf die Straße ausweichen. Während er den Karren hinter dem Haufen wieder auf den Bürgersteig hievte, sah er aus den Augenwinkeln etwas zwischen den Sachen, das seine Aufmerksamkeit erregte. Diese Garderobe … die seltsame mit den Geweihen. Genauso eine wie in der Diele von Frau de Winter. Linus blieb stehen und schob seine Kappe in den Nacken.

Jetzt erst sah er, dass die Tür zu ihrer Wohnung offen stand. Zwei Männer gingen ein und aus und warfen immer mehr Gegenstände auf den Stapel. Es gab noch weitere Sachen, die er erkannte.

»Wo bleibt denn der Wagen?«, rief ein Mann vom Flur aus. Der andere stellte einen Stuhl ab, zuckte die Schultern und zeigte auf den Verkehr, der sich träge voranschob.

Seit Halloween hatte Linus Frau de Winter nichts mehr geliefert. Er fand es plötzlich gar nicht nett von sich selbst, dass er überhaupt nicht mehr an sie gedacht hatte. Und jetzt lagen all ihre Sachen einfach schutzlos im Regen, keinen kümmerte es, dass sie nass wurden. Die Männer bewegten sich pfeifend hin und her. Wenn sie es selbst sehen könnte, würde sie sofort die Leitung übernehmen, so klein, wie sie war, und die großen Männer mit lauter Stimme herumkommandieren. Darüber musste er kurz grinsen. Linus zog seine Kappe wieder über die Augen und ging schnell weiter.

Als er bei Mister Orange klingelte, war er völlig durchgeweicht. Schon unten in der Diele schallte ihm die Musik entgegen.

»Pudelnass!«, rief Mister Orange über das Treppengeländer herunter. »Junge, du wirst dir noch eine Erkältung einfangen.«

Linus stellte die Kiste neben die Küchentür und schüttelte die Tropfen von seiner Kappe. Plötzlich zitterte er. Erst jetzt, im Trockenen, merkte er, wie kalt ihm geworden war.

»Gib mir mal deine nasse Jacke.« Mister Orange sah ihn besorgt an. »Irgendwie müssen wir dich warm kriegen, bevor wir dich wieder auf die Straße lassen können.« Mit gestreckten Armen, die tropfnasse Jacke vor sich haltend, durchquerte er die Küche. Linus folgte.

Es war warm und hell im Atelier. Mister Orange hängte die Jacke an die Heizung und schob Linus einen Schemel hin. »Ich wollte gerade Tee kochen«, sagte er auf dem Weg zurück in die Küche.

Linus setzte sich vor den Heizkörper und spürte die Wärme in seinem Rücken. Die Musik füllte den Raum. Ein Klavier spielte kurze, schnelle Klänge und eine Trompete blies Läufe dazwischen, als versuchte sie, das Klavier aus dem Takt zu bringen. Während Linus seinen Blick schweifen ließ, klopften seine Füße auf einmal ganz von selbst den schnellen Rhythmus mit. Der Regen schlug so heftig an die Fenster, als wollte auch er mitmachen.

Es waren eine Menge Farbflächen an den Wänden hinzugekommen. Auf der hohen Fensterbank lagen etliche Pinsel Seite an Seite. Ihre Köpfe ragten alle exakt gleich weit über den Rand, als schauten sie alle zusammen in die Tiefe. Daneben lag eine Palette mit ein paar Farbresten. In der Wärme war der Farbgeruch noch strenger als sonst.

Die Musik hatte gerade aufgehört, als Mister Orange mit dem Tee hereinkam. Er reichte Linus einen Becher und ging zum Grammofon.

»Ein Ballsaal zum Malen …«, sagte er, während er die Platte umdrehte, »ist ein Atelier zum Tanzen.« Er hob einen Finger in die Luft und wartete, bis die Musik wieder einsetzte.

»Das ist die beste Tanzmusik! Ich zeige es dir.« Er drehte die Lautstärke höher und klatschte in die Hände. Die Hände um den warmen Becher gelegt, verfolgte Linus die Bewegungen von Mister Orange. Sein dünner Leib blieb fast ganz still, nur seine Füße und Unterarme bewegten sich. Er kreuzte Letztere vor seinem Körper und schlug sie immer an der Seite aus, im Takt der Musik, blitzschnell, aber steif. So, den Kopf ein wenig geneigt, machte er kleine Hopser bis zur hinteren Wand.

»Versuch es auch einmal!« Er winkte Linus, während er wieder zurückhüpfte. »Es macht fröhlich und außerdem trocknet deine Hose so schneller.«

Linus zögerte. Zu Hause hatte er schon einmal Walzer getanzt, als Apke für die Tanzstunde üben musste. Aber das war eingängige Musik gewesen. Eine Melodie, die noch im Kopf hing, wenn die Musik längst aufgehört hatte.

»Siehst du? Horizontal und vertikal! Das ist das neue Tanzen.« Unermüdlich hüpfte Mister Orange im Atelier auf und ab, wie ein großer Vogel. Die ganze Zeit schaute er dabei todernst.

Linus spürte ein Lachen in sich hochsteigen; er stand schnell auf und begann sich mitzubewegen. Er machte einfach was, ohne darüber nachzudenken.

»Du swingst zu viel«, rief Mister Orange über die Musik hinweg. »Halt die Hüften still!«

Linus versuchte es noch einmal. Wie konnte man bloß die Beine bewegen und die Hüften dabei stillhalten? Dieses neue Tanzen war nicht so einfach, wie es aussah.

»Zu viel Hüfte!«, sang Mister Orange und tanzte schon wieder mit seinen abgemessenen Schritten davon. Er keuchte ein wenig und hustete ab und zu. Linus legte die Hände auf seine Hüften, um sie ruhig zu halten, aber sie schwangen ganz von selbst ein wenig hin und her. Als die Platte abgelaufen war, lehnte er sich auf die Fensterbank. Mister Orange hopste auch ohne Musik weiter bis zu Linus. Nebeneinander stehend keuchten sie, bis sie wieder zu Atem kamen. Man hörte nur noch das Tick-Tick der Nadel auf der sich still weiterdrehenden Platte und den Regen. Linus war es warm geworden.

»Boogie-Woogie ist die Musik zur Stadt, findest du nicht auch?« Mister Orange nahm seine Brille ab und wischte sich mit dem Handrücken über die Stirn. Aus der Nähe sah Linus dunkle Ringe um seine Augen.

»Wenn du gut hinhorchst, kannst du das Gedränge hören, alles verändert sich unaufhörlich. Erst der eine Rhythmus, dann der andere wieder zwischenrein und doch passt es immer zueinander. Das ist der Rhythmus von New York.« Seine Augen strahlten. »Weit weg und ganz nah, schnell und langsam, hell und dunkel, in der Stadt ist immer alles gleichzeitig da … *das* versuche ich zu zeigen.« Er schien Selbstgespräche zu führen, den Blick auf die Staffelei hinten im Raum gerichtet. Darauf stand eine große qua-

dratische Leinwand. Linus sah nur die Rückseite. Eine der Ecken wies nach oben, sodass aus dem Quadrat eine Raute wurde. Es war das einzige Bild im ganzen Raum.
»Mit diesem Bild habe ich es fast geschafft … ich habe endlich Boogie-Woogie hineinbekommen.« Er klatschte in die Hände. »Wenn es fertig ist, zeige ich es dir, dann verstehst du von selbst, was ich meine.« Er nahm die Jacke von der Heizung, prüfte, ob sie trocken war, und hielt sie hoch. Linus schlüpfte in die Ärmel. Die Jacke fühlte sich warm und behaglich an.

Draußen regnete es noch immer. Linus schaute hoch. Die Steinmauer war vom Regen dunkler geworden. Nichts, was den hellen Raum hinter der grauen Fassade verriet, mitten im Getümmel der Stadt. Plötzlich musste er an die Spieldose von Sis denken. Von außen konnte man nichts Besonderes daran entdecken, aber wenn man sie öffnete, fand man eine unerwartete kleine Welt.
Er zog die Kappe über die Augen und machte sich auf den Heimweg. *Eigentlich ist dieser weiße Raum jetzt auch in meinem Kopf,* dachte er. Er bekam das Gefühl, dass der Raum dort oben auch zu ihm gehörte. Wie eine Dose, die er öffnen konnte, wann immer er wollte.
Es regnete, aber seine Jacke war trocken und den Wind hatte er nun im Rücken. Fetzen der Musik wehten in seinen Kopf hinein und wieder hinaus. Er pfiff einige Takte, bis er nicht mehr weiterwusste. Dann stiegen wieder ein paar andere Noten auf.

Linus lief durch die Menschenmenge, mitten durch das Gedränge der Stoßzeit. Ab und zu tanzte er ein paar Schritte durch den Regen zur Musik in seinem Kopf. Seine Hüften schwangen von selbst mit.

20

Seltsam eigentlich, dachte Linus, dass man sich ans Warten gewöhnen konnte. Man gewöhnte sich daran, dass der Postbote jeden Tag grüßte, wenn er an der Ladentür vorbeiging. Selbst die Nachbarin kam nicht mehr täglich, und wenn sie kam, antwortete seine Mutter, so gut es ging, auf ihre Fragen und zog unterdessen mit einer Hand an den Fingern der anderen.
Als dann der Postbote an einem trüben Mittag die Ladentür öffnete, statt vorbeizugehen, an seine nasse Kappe tippte und einen Briefumschlag auf die Theke legte, standen Linus und seine Mutter ein wenig verstört daneben. Linus hatte den Karren gerade beladen. Er ging zur Theke und starrte auf Apkes vertraute regelmäßige Handschrift.
Seine Mutter tupfte mit einem Schürzenzipfel die Regentropfen ab und steckte den Umschlag dann mit einem Seufzer in ihre Schürzentasche. Linus wusste, dass trotz des langen Wartens nicht daran zu denken war, dass dieser Umschlag geöffnet würde, bevor nicht alle am Abend gemeinsam am Tisch saßen. Diese wenigen Stunden schienen fast schlimmer als all die Wochen

davor, er war froh, dass er seine Runde hatte, um die Zeit zu überbrücken.
Nachbarin Hensen kam herbei, als Linus den Karren hinausfuhr. Seine Mutter fing seinen Blick auf und zwinkerte unerschrocken. Ihre Augen blitzten wieder. Heute konnte sie tausend Nachbarinnen ertragen.

Ihr Vater bestand darauf, dass alle ihren Teller leer gegessen hatten, bevor er den Brief vorlesen würde. Wilke schob seinen Spinat so lange hin und her, dass sogar ihre Mutter es nicht mehr aushielt und ihm ausnahmsweise den Teller wegnahm. Es herrschte absolute Stille, als ihr Vater den Brief aufschlitzte. Er schaute in die Runde um den Tisch und begann zu lesen.

Liebe Mutter und Vater, liebe Sis und Brüder,
Mutter schrieb, dass Vater meine Briefe vorliest, wenn alle um den Tisch versammelt sind. Das klingt gemütlich, ich wäre gern dabei.

Ihr Vater schaute sie noch einmal alle an und lächelte.

Aber ein Teil dieses Briefes …

Ihr Vater hörte auf vorzulesen. Sein Blick flog über die Zeilen.
»Lies doch weiter!« Max kippelte auf seinem Stuhl.

»Appe! Appe!« Sis schlug mit beiden Händen auf den Tisch. Linus hielt den Atem an. Er sah, wie ihr Vater das Blatt umdrehte, las und wieder wendete. Er sah kurz zu ihrer Mutter hinüber, bevor er sich räusperte und wieder von vorn begann.

Liebe Mutter und Vater, liebe Sis und Brüder,
Mutter schrieb, dass Vater meine Briefe vorliest, wenn alle um den Tisch versammelt sind. Das klingt gemütlich, ich wäre gern dabei.
Wie geht es Euch allen? Es tut mir leid, dass ich nicht früher geschrieben habe. Manchmal kann es eine Weile dauern, bis ein Soldat in all dem Tumult Zeit und Ruhe für einen Brief findet. Einen Stift halten fühlt sich schon fremd an, meine Finger haben sich an ganz andere Arbeit gewöhnt: mein Gewehr säubern oder einen Unterstand graben.
Hier in den italienischen Bergen ist es kalt und ziemlich unwirtlich, es regnet fast ununterbrochen. Ich kann kaum mehr glauben, dass mir mein Bett zu Hause je hart vorgekommen ist. Nach ein paar Nächten in einem Unterstand – den man auch erst noch selbst graben muss – sehne ich mich sehr danach!
Trotzdem gewöhnt man sich sogar daran; wenn man nur müde genug ist, schläft man überall. Doch heute Abend liege ich in einem Armeezelt. Der Wind reißt an der Plane und alles flat-

tert, aber es ist auf seltsame Weise fast behaglich. Endlich eine Gelegenheit, auszuruhen und Euch zu schreiben. Und hoffentlich warme Füße zu bekommen!

Ich vermisse Euch ganz schrecklich und ich vermisse sogar die Stadt, ist das nicht idiotisch? Ich, der ich immer töne, New York sei zu voll und es stinke nach Abgasen. Ich gäbe viel dafür, in diesem Moment mal eben durch unsere Straße laufen zu können und durch das Schaufenster in den Laden zu schauen. Auch wenn da zur Zeit natürlich keiner ist, weil Ihr oben sitzt, um den Tisch, mit diesem Brief …

Euch allen liebe Grüße

Euer Apke

»Appe! Appe!« Sis klatschte in die Hände. Linus schaute verständnislos von seinem Vater zu dem Brief.

»Sagt er nichts über Gervasis Mutter?«

Sein Vater hüstelte. Er faltete den Brief zusammen und steckte ihn in den Umschlag zurück.

»Sagt er gar nichts, ob es geklappt hat? Ob seine Mutter erschrocken ist?« Ungläubig sah Linus zu, wie der Umschlag in der Innentasche der Jacke seines Vaters verschwand. »Das kann er doch nicht vergessen haben?«

Sein Vater wechselte einen Blick mit seiner Mutter und stand auf, um wie immer die Einkaufsliste für den nächsten Tag fertig zu machen.

»Apke hat genug anderes im Kopf. Kapier das doch, du Dussel.« Simon stand auf und gab Linus einen Schubs. Linus merkte es kaum. Sein Blick klebte am Rücken seines Vaters. Der Rücken, der sich langsam entfernte, den Flur entlang, die Treppe hinunter.

»Lass gut sein, Junge.« Seine Mutter legte ihm ganz leicht die Hand auf die Schulter.

»Aber –«

»Denk an die Kleinen.« Die Hand wurde schwerer. Linus schaute in die Tischrunde. Drei Paar große Augen waren auf ihn gerichtet. Die von Max und Wilke fragend, die von Sissie erschrocken. Ihre Unterlippe begann zu zucken, ein Zeichen, dass sie jeden Moment losheulen konnte.

Linus stand auf. Plötzlich konnte er hier kaum mehr atmen, er brauchte dringend frische Luft. Er rannte den Flur entlang. Im Vorbeigehen riss er seine Jacke von der Garderobe und stürmte die Treppe hinunter, durch den Laden. Die Tür stand offen, sein Vater brachte einen Stapel leerer Kisten zum Transporter. Ohne ein Wort schoss Linus an ihm vorbei hinaus auf die Straße. Ihm war, als würde ihm sein Vater etwas nachrufen, aber er wusste nicht, ob er richtig hörte, und im Übrigen war es ihm auch vollkommen egal.

21 Der Wind war unangenehm und er hatte seine Handschuhe vergessen. Linus steckte die Hände tief in die Taschen. Die Kälte biss in seine Lunge. Der Wind blies ihm erbarmungslos ins Gesicht, als strengte er sich an, sich ihm entgegenzustellen. Komm nur, dachte Linus. Er hatte Lust zu kämpfen, notfalls gegen den Wind.

Er krümmte den Rücken und warf sich nach vorn. Er musste rennen, feste rennen, die Straße hinunter, um die Ecke, ohne Nachdenken weiter, noch weiter, einfach irgendwohin, am liebsten würde er an sich selbst vorbeirennen, schneller rennen als seine Gedanken, die sich nur um Apke drehten. Erst als seine Lunge zu bersten schien und er nirgends mehr Atem finden konnte, blieb er stehen, vorgebeugt, die Hände auf den Knien, und keuchte.

Es dauerte eine Weile, bevor er sah, dass er an der Ecke von Liams Straße stand. Eine Sekunde wünschte er, er könnte einfach klingeln und Liam von Apke erzählen, von dem Brief ... aber er wollte überhaupt noch nicht aufhören, wütend auf ihn zu sein.

Und im Übrigen – was sollte er denn erzählen? Dass er so dumm gewesen war, einen Scherz ernst zu nehmen? Dass er endlos auf eine Nachricht von seinem Bruder gewartet hatte, der das Ganze in der Zwischenzeit längst vergessen hatte?

Er richtete sich auf und begann wieder zu laufen.

»Warte auf mich!«

Linus braucht sich nicht umzudrehen, um zu wissen, dass es Mis-

ter Super ist, der hinter ihm herkommt. Er rennt einfach weiter. Wieder gerät er außer Atem, aber es fühlt sich gut an. Es macht seinen Kopf ganz leicht.

»Mach dir nicht so viel daraus!« Mister Super hat ihn immer noch nicht eingeholt. »Aller Anfang ist schwer!«

»Lass mich in Ruhe!« Linus legt noch einen Zahn zu, schneller, schneller, die kalte Luft schmerzt in der Lunge, kratzt in der Kehle, er rennt nur, nein, er fliegt, die nächste Straße hinunter, ein Auto hupt, na und, er rennt, bis er vor Müdigkeit fast über die eigenen Füße stolpert, und dann muss er langsamer werden, sein Herz klopft wie verrückt.

Endlich holt Mister Super ihn ein.

»Seit wann muss sich ein Superheld so anstrengen, um einen gewöhnlichen Jungen einzuholen?«, sagt Linus, als er wieder genügend Luft hat.

»Einen wütenden Jungen.« Mister Super keucht genauso heftig wie Linus. »Ich glaube, die haben Superkräfte.« Er lehnt sich an einen Laternenpfahl. »Und okay, vielleicht bin ich heute nicht in Topform. Auch Superhelden haben mal einen schlechten Tag.«

»Du bist doch wohl nicht überarbeitet?« Linus hört selbst, wie unfreundlich das klingt, aber es ist ihm egal. »Wahrscheinlich vom Anzugflicken?«

»Uniform«, korrigiert Mister Super. »Und solltest du es vergessen haben: Es herrscht Krieg.«

»Was meinst du übrigens mit: Aller Anfang ist schwer?«

»Nur … dass es vielleicht besser gewesen wäre, wenn du mich bei deinem ersten Auftrag hättest helfen lassen.« Mister Super legt eine Hand auf Linus' Schulter und sieht ihn mit einem merkwürdigen Blick an. Es fühlt sich nicht angenehm an, auch wenn Linus nicht sofort weiß, was das für ein Blick ist. »Apke hat dich bestimmt darum gebeten, weil er wusste, dass ich dir helfen könnte.«

»Auftrag? Diesen blöden Scherz meinst du wohl.« Linus schüttelt die Hand ab und geht weiter. »Und im Übrigen: Meinst du, du hättest es besser gemacht? Mit Superspinnen oder so?«

Es kommt keine Antwort. Linus sieht sich um. Mister Super sitzt auf einem Treppchen vor einem Haus und keucht noch immer. Er stützt die Ellbogen auf die Knie. Und er hat noch immer diesen seltsamen Blick.

Linus zuckt ungeduldig die Achseln und geht weiter.

Erst als er um die Ecke war, fiel Linus ein Wort für diesen seltsamen Blick ein. Mitleidig. Er hatte geschaut, als täte Linus ihm leid.

Weil sein Bruder ihn vergessen hatte? Linus schüttelte den Kopf. Je länger er darüber nachdachte, desto weniger glaubte er, dass das stimmte. Irgendwas war los. Er dachte an seinen Vater, der auch schon so seltsam geschaut hatte. War das *auch* mitleidig? Er hatte mitten in einem Satz aufgehört zu lesen. *Ein Teil dieses Briefes …*

Linus blieb stehen. Was, wenn es andersherum war? Was, wenn

der Scherz außer Kontrolle geraten war? Vielleicht hatte Linus zu gruselige Spinnen ausgesucht und Gervasis Mutter war so sehr erschrocken, dass er ihr den Geburtstag komplett verdorben hatte? Vielleicht hatte Apke ja geschrieben, erzähl Linus nichts davon. *Einen Teil dieses Briefes sollte er lieber nicht lesen …*

War es das, was Mister Super meinte? Dass es, wenn Linus ihn hätte helfen lassen, nicht schiefgegangen wäre? Er rannte zur Ecke zurück, aber die Treppenstufen waren leer. Mister Super war nirgends mehr zu sehen.

22

Linus wollte seine Mutter über den Brief aushorchen, wenn sie am nächsten Tag allein im Laden stehen würde. Meist ließ sie leichter etwas heraus als sein Vater. Aber als er nach seiner Runde nach Hause kam, war viel los im Geschäft.

»Max ist mit den Kleinen draußen«, sagte sie, als Linus nach hinten ging. »Würdest du schon mal Kartoffeln schälen?« Sie klang müde. Das Leuchten in ihren Augen vom Tag zuvor war verschwunden.

Linus stellte den Karren an seinen Platz und ging die Treppe hinauf. Bis auf das leise Schnarchen seines Vaters war es still im Haus. Er trug die Kartoffeln auf einer alten Zeitung ins Wohnzimmer. Danach holte er einen Topf Wasser und setzte sich an den Tisch.

So still wie jetzt war es zu Hause nicht oft. Er warf die erste Kartoffel mit einem Plumps ins Wasser. Die Stille machte es besonders schwer, nicht ständig an den Brief zu denken. Er nahm die nächste Kartoffel.

Über der Lehne am Stuhl gegenüber hing Vaters Jacke. Linus' Blick schweifte ab. Entschlossen schälte er weiter.

Aber seine Augen hatten ihren eigenen Willen. Immer wieder huschte sein Blick von der Messerspitze zur Jackeninnentasche. Wenn er sich ein wenig zur Seite lehnte, konnte er den Rand des Umschlags herausragen sehen …

»Au!« Das Messer schnitt in seinen Zeigefinger. Er legte es hin und steckte den Finger in den Mund. Jetzt musste er warten, bis es zu bluten aufhörte, und hatte alle Zeit, das Stückchen Weiß in der Jackentasche zu betrachten. Aber das sollte er besser nicht tun. Er musste weiter Kartoffeln schälen. Heute Abend, wenn die Kleinen im Bett waren, würde er fragen, was es mit dem Brief auf sich hatte.

Den Zeigefinger noch im Mund stand er auf. Er ging um den Tisch herum und beugte sich über die Jacke. Seine freie Hand glitt über den weißen Rand. Plötzlich lag der Umschlag in seiner Hand.

Mit gespitzten Ohren auf das Schnarchen seines Vaters lauschend, zog er den Brief aus dem Umschlag. Seine Finger zitterten, während sein Blick über die Buchstaben wanderte.

Liebe Mutter und Vater, liebe Sis und Brüder,
Mutter schrieb, dass Vater meine Briefe vorliest, wenn alle um den Tisch versammelt sind. Das klingt gemütlich, ich wäre gern dabei … (aber ein Teil dieses Briefes eignet sich nicht zum Vorlesen. Ich habe ihn in Klammern gesetzt. Das ist nur für Dich und Mutter.)
Wie geht es Euch allen? Es tut mir leid, dass ich nicht früher geschrieben habe.

Jetzt muss ich aufhören, dachte Linus. Aufhören und den Brief zusammenfalten und in den Umschlag stecken und zurück in die Jackentasche. Aber seine Hände gehorchten nicht und sein Blick eilte weiter, über das Stück, das er schon kannte, bis er wieder auf Klammern traf.

Endlich eine Gelegenheit, auszuruhen und Euch zu schreiben. Und hoffentlich warme Füße zu bekommen! (Ich weiß nicht, was mit meinen Füßen ist, sie jucken schrecklich, es ist, als fräße die Kälte daran. Wir werden immer ermahnt, wir sollten unsere Füße trocken halten. Aber wie bekommt man trockene Füße, wenn man Tag und Nacht im Regen herumläuft?

Linus' Blick war nicht zu stoppen, seine Augen rollten immer weiter, wie ein Panzer.

Ich verstehe nicht mehr, wie ich je glauben konnte, gut vorbereitet zu sein. Das ist einfach lächerlich. Was wusste ich denn schon? Wie kann man sich auf einen Krieg vorbereiten? Wir haben einen katastrophalen Feldzug hinter uns. Es gab viele Verwundete und Gefallene. Unter ihnen auch Gervasi, mein Kamerad aus New York, von dem ich Euch erzählt habe. Er wurde von einer Granate getroffen, sie haben ihn noch in ein Feldlazarett gebracht, aber er hat es nicht geschafft. Genau wie viele andere, Soldaten, die ich selbst weniger gut kannte. Es ist abscheulich, sagen zu müssen, dass man sich so schnell daran gewöhnt. Aber jemand, der mir so nahe war wie Gervasi, ein Kamerad, mit dem ich so viel zusammen war, das macht mich fertig.

Vielleicht sollte ich es Euch nicht erzählen, Mutter macht sich sowieso schon genug Sorgen und Du auch, das weiß ich. Dennoch erleichtert es, wenn ich jemandem davon berichten kann. Um mich herum hat jeder seine eigenen grausigen Geschichten, darüber sollte man untereinander am besten nicht zu viel reden.

Ich weiß, dass ich bitter klinge, und doch versuche ich auch, mir vor Augen zu halten, wofür wir das alles tun. Aber der Krieg vergiftet alles …)

Ich vermisse Euch ganz schrecklich und ich vermisse sogar die Stadt, ist das nicht idiotisch?

Linus starrte auf das Papier. Wie konnten Apkes kleine, regelmäßige Buchstaben solche furchtbaren Sachen beschreiben? Ihm war übel. Als hätte er zu viel Zucker aus der Dose genommen.
Zu viel Zucker? Zu viel Gift.
Zu viele Wörter gelesen.
Seine Hände hörten nicht auf zu zittern. Auf der Straße weinte ein Kind. War das Sis?
Er faltete den Brief zusammen und versuchte, ihn in den Umschlag zu stecken, aber seine Finger waren ungeschickt. Ihm wurde warm. Etwas Blut von seinem Finger tropfte auf das Papier. Er wollte es wegwischen, aber er machte den Fleck nur größer. Die Stimmen von Sis und Max waren schon unter dem Fenster, er hörte die Ladenglocke. Endlich bekam er den Brief in den Umschlag; hastig steckte er ihn in die Jackentasche zurück. Während Max und die Kleinen die Treppe hinaufstampften, ließ er sich wieder auf seinen Stuhl fallen. Er nahm eine Kartoffel und betrachtete sie, ein wenig schwindelig.
Wilke und Sis rannten streitend ins Schlafzimmer, wo ihr Vater lag.
Max kam ins Wohnzimmer und setzte sich ohne ein Wort auf den Stuhl mit der Jacke. Er legte den Kopf auf den Tisch und seufzte. Linus wusste genau, wie fertig einen die Kleinen machen konnten. Kurz darauf kam sein Vater herein, an jeder Hand ein Kind, der Streit war geschlichtet. Seine Augen waren noch verquollen vom Schlaf.

»Was ist mir dir?« Er sah zu Linus hinüber, der immer noch auf die Kartoffel in seiner Hand starrte. »Du bist ja ganz blass.«
»Hab mich in den Finger geschnitten«, antwortete Linus schnell. Er hielt seine Hand hoch.
Sein Vater beugte sich vor und sah ihn forschend an. »Zitterst du deswegen so? Du siehst aus, als hättest du ein Gespenst gesehen.«
»Es geht schon wieder.« Linus zog die Hand zurück. Der Streit zwischen Sis und Wilke flammte wieder auf und zog zum Glück die Aufmerksamkeit seines Vaters auf sich. Linus holte tief Luft, nahm das Messer und beugte sich über die Kartoffeln.

23

»Was ist denn los?«, fragte Linus benommen. Er versuchte, die Augen zu öffnen. Stundenlang hatte er nicht einschlafen können und jetzt, da er endlich eindöste, stand jemand an seinem Bett und rüttelte daran.
»Ich muss doch nach oben«, sagte eine mürrische Stimme. »Ich kann schließlich nicht fliegen.«
Es ist nur Simon … Linus drehte sich beruhigt auf die andere Seite.
Oder warte mal, es ist gar nicht Simon: Es ist ein Soldat, der auf eine Leiter klettert. Er hat einen Pinsel auf die Spitze seines Bajonetts gesteckt und schmiert graue Farbe auf eine Wand. »Alles in Klammern muss weg!«, ruft er. Ein anderer Soldat drängt Linus

zurück, den Pinsel im Anschlag. Aus der Ferne sieht er, dass die ganze Wand mit bunten Flächen bedeckt ist. Hunderte von Soldaten stürzen sich mit ihren Pinseln darauf. Von hier aus sehen sie aus wie winzige Zinnsoldaten.

Mister Super kommt auf Socken herbei, in jeder Hand trägt er einen blauen Stiefel. Aus den Sohlen steigen leise Knattergeräusche auf, als würden sie protestieren, aber es gibt keinen Dampf.

»Meine Füße jucken so«, sagt er. »Es wird immer schlimmer.«

»Mach was!«, ruft Linus. »Sie übermalen die Farben!«

»Weißt du nicht etwas, das hiergegen hilft?« Mister Super hebt mit schmerzverzerrtem Gesicht einen Fuß und drückt ihn vorsichtig. »Dieses Jucken macht mich wahnsinnig.«

»Hörst du, was ich sage?« Linus schüttelt ihn. »Das sind die Farben der Zukunft! Und apropos helfen: Warum hast du den Soldaten nicht gerettet?«

»Es sind so viele«, sagt Mister Super. »Ich komme nicht mehr nach.«

»Er war ein Freund von Apke!«

»Jeder ist irgendjemandes Freund«, sagt Mister Super. »Darauf kann ich nicht achten.« Eine Gruppe von Soldaten drängt sich um ihn, neben Mister Super wirken sie winzig klein, sie reichen nicht einmal bis zu seinen Knöcheln. Sie haken sich im Stoff seines Anzugs fest und klettern hoch. Das helle Gelb verschwindet im Nu unter der Farbe. Linus versucht, die Soldaten von ihm wegzuziehen, aber für zwei, die er abpflückt, kommen vier neue.

»Es sind zu viele.« Mister Super fegt die Soldaten weg, als wären es lästige Fliegen. Sie reichen schon bis zum Rot seines Gürtels. Jetzt fangen Linus' Füße auch an zu jucken. Soldaten klettern darüber hinweg auf dem Weg zu seinen Waden, sie piksen ihn in die Kniekehlen, er schreit und schlägt um sich, um sie loszuwerden. »Jetzt halt doch endlich mal still«, sagt einer böse, »so kann ich doch nicht arbeiten!«

Linus trat mit dem Fuß gegen einen Bettpfosten. Er schoss hoch. Sein Herz klopfte.

»Jetzt halt endlich still«, brummte Simon, »so kann ich nicht schlafen.«

Linus schlug die Decke zurück und setzte sich auf. Über ihm schnarchte Simon leise weiter. Hier im Dunklen, ganz allein mit den Worten aus dem Brief, hielt er es nicht aus. Vielleicht konnte er sich eine Weile ins Wohnzimmer setzen und Licht anmachen, dann würde es gleich besser werden. Er tastete nach seinem Pullover und seinen Socken und stand vorsichtig auf.

Aus dem Wohnzimmer kam leises Stimmengemurmel. Waren seine Eltern noch auf? Auf Zehenspitzen ging er näher und lehnte die Stirn an die Tür, nur um kurz ihre vertrauten Stimmen zu hören. Nur um ruhig zu werden.

»Ich gehe nicht mit.« Die Stimme seiner Mutter klang gedämpft. Stille.

»Ich kann da nicht hin. Ich kann das nicht.« Sie sagte es so leise, dass Linus es kaum verstehen konnte.

»Es ist ihr *Sohn.*« Die Stimme seines Vaters erhob sich, als wäre er erstaunt über ihre Worte.

»Ich kenne diese Leute nicht einmal. Ich bin ihnen nie begegnet.«

»Er war ein Kamerad von *unserem* Sohn.«

Stille.

»Was, wenn es andersherum –«

Ein lauter Knall. Linus schnellte hoch.

»*Wag* es nicht, Bert.« Das erste Wort seiner Mutter fiel mit dem zweiten Schlag ihrer Hand auf den Tisch zusammen. »Wag es nicht, diese Worte in diesem Haus laut auszusprechen. Nicht in einem Atemzug mit unserem Apke.«

Linus stand wie erstarrt. Die folgende Stille dauerte länger als die vorherige. Er begann zu zittern, er musste ins Bett. Er drehte sich um.

Drinnen wurde ein Stuhl zurückgeschoben.

»Dann gehe ich allein.« Die Stimme seines Vaters klang ruhig.

Schnell durchquerte Linus den Flur. Kaum war er in seinem Bett, ging die Wohnzimmertür auf. Die Decken bis zum Kinn hochgezogen lauschte er auf die Schritte seines Vaters auf der Treppe. Noch lange nachdem die Ladenglocke leise angeschlagen hatte, zitterte er. Ihm wurde einfach nicht warm, sooft er sich auch von einer Seite zur anderen drehte.

Mit weit geöffneten Augen horchte er auf die Geräusche, die seine Mutter machte, als sie ins Bett ging. Erst als es still wurde, schlüpfte er unter den Laken hervor und ging zum Schlafzimmer seiner Eltern. Als er im Dunkeln tastend das Bett gefunden hatte, blieb er stehen, plötzlich unsicher. Früher, wenn er wach wurde, weil sein Vater zum Markt aufbrach, war er oft zu seiner Mutter ins Bett gekrochen. Jetzt machten das nur noch die Kleinen.

»Linus.« Er hörte, wie sie die Decke zurückschlug. Woher wusste sie denn im Dunkeln, dass *er* es war?

Neben ihr im hohen Bett wurde ihm schnell warm. Seine Mutter sagte nichts, aber er wusste, dass sie wach lag. Sosehr er sich auch anstrengte, gemeinsam mit ihr wach zu bleiben – seine Augen fielen zu und er war eingeschlafen.

24

»Pass doch auf, wo du läufst!«

Linus schrak zusammen. Eine Frau im Kostüm sah ihn verärgert an, bevor sie sich umdrehte und weiterging. Ihre Absätze klackerten sich böse einen Weg durchs Gedränge.

Es war das zigste Mal an diesem Tag, dass er fast jemanden mit seinem Karren anrempelte, weil er in Gedanken bei dem Brief war. Apkes Worte verfolgten ihn auf der gesamten Strecke. Ganz allmählich dämmerte ihm, wie dumm er gewesen war. Es herrschte Krieg und er machte sich Gedanken um einen blöden Scherz mit Spinnen.

In Italien war etwas Abscheuliches passiert … und er hatte nur an sich selbst gedacht. Er hatte überhaupt nichts begriffen! Aber das würde sich ab sofort ändern. Fest entschlossen zog er den Karren mit sich.

Als er nach Hause kam, entdeckte er sofort den blauen Stern. Er hing im Schaufenster, links unten in der Ecke. Linus fuhr den Karren nach hinten durch. Er nahm eine alte Zeitung vom Stapel und betrat den Laden wieder.

»Was macht der da auf einmal?«, fragte er, nachdem seine Mutter einen Kunden verabschiedet hatte. Er zeigte auf das Fenster.

»Ich habe es mir anders überlegt.« Seine Mutter stand mit dem Rücken zu ihm, aber sie brauchte nicht zu schauen, um zu wissen, was er meinte. Sie schloss die Kassenlade und schrieb etwas in das Bestellheft. Dann drehte sie sich zu ihm um.

»Jeder darf wissen, dass Apke sein Leben für die Freiheit der anderen einsetzt.« Sie sah ihn ruhig an.

Die Ladenglocke läutete.

Linus nahm eine Rolle Schnur von der Theke, schnitt zwei lange Stücke ab und wickelte sie um seine Hand. Mit der Zeitung unter dem Arm ging er nach oben. Verrückt, noch vor wenigen Tagen wäre er unglaublich stolz gewesen auf diesen Stern. Er hätte ihn klasse gefunden. Aber jetzt erinnerte er ihn an den Brief und die anderen blauen Sterne im Schaufenster der Bartalis.

In seinem Zimmer breitete er ein paar Zeitungsseiten auf dem Boden aus. Er kniete sich hin und zog den vorderen Stapel *Action*

Comics unter dem Bett hervor. Ohne Zögern schob er den Stapel in die Mitte der Zeitung. Er faltete das Zeitungspapier über den Stapel, nahm ein Stück Schnur und band sie fest um das Paket. Dann breitete er die restlichen Seiten aus und zog den anderen Stapel Comics hervor. Er schlug die Zeitungsseiten darüber, wollte das zweite Stück Schnur nehmen, überlegte es sich aber anders. Mit einer Hand tastete er unter dem Bett nach den Heften. Er legte sich den kleinen Stapel auf die Knie. Das oberste Heft öffnete sich bei einer Zeichnung, auf der Mister Super mit beiden Armen einen Granaten- und Kugelregen von einem Soldaten abhielt.

»Was machst du da?« Mister Super schlägt mit der Faust eine Kugel weg. Aus den Augenwinkeln schaut er zu Linus hinüber.

»Ich räume auf«, sagt Linus fest entschlossen. »Das hätte ich schon viel früher machen sollen.«

»Aufräumen? Willst du mich vielleicht loswerden?« Mister Super tut so, als würde er scherzen, aber er klingt ein wenig besorgt.

Linus zieht die Schnur zu sich.

»Das kann doch nicht dein Ernst sein?« Mister Super verfehlt fast eine Granate. »Aber warum? Nur weil ich ab und zu keinen guten Tag habe?«

Linus schüttelt den Kopf. »Darum geht es nicht.«

»Ich gebe doch wirklich mein Bestes! Ein Superheld hat es auch nicht immer leicht. Übrigens klappt es schon wieder prima. Hier, schau!« Mit einer Hand fängt er eine Granate und wirft sie hoch in

die Luft. Er dreht eine Pirouette, bevor er sie mit der anderen Hand auffängt und weit von sich schleudert. »Siehst du?« Er tippt sich an den Helm. »Ich bin wieder in Topform!«

Schweigend schaute Linus seinen Kunststückchen zu. Wie hatte er je glauben können, Mister Super könne helfen? Er hatte einfach mit offenen Augen geträumt. Die ganze Zeit hatte er sich vor der Wirklichkeit versteckt, sicher verborgen hinter dem breiten Rücken von Mister Super. Aber Mister Super half ganz und gar nicht. Mit einer ungeduldigen Geste schlug Linus die Seite um.

»Ich tue, was ich kann!«, ruft Mister Super von der nächsten Seite aus. Mit beiden Händen hält er ein brennendes Flugzeug in die Höhe. »Ich helfe sehr wohl!«

Nicht *wirklich*, dachte Linus.

»Warte!«, ruft Mister Super. Der Dampf aus seinen Stiefeln zischt laut, wie eine Katze, die sich bedrängt fühlt. »Wir haben doch immer viel Spaß zusammen? Du, ich … und Apke?«

»Das dachte ich auch.« Linus runzelte die Stirn. *»Aber du hast ihn in den Krieg geschickt.«*

»Wie bitte? Mister Super vergisst, auf das Flugzeug zu achten. Es taucht ab und der Motor heult auf. »Wenn ich mich recht erinnere, ist er vollkommen freiwillig gegangen.«

»Weil du so tust, als wäre es ein Kinderspiel, den Krieg zu gewinnen! Als wäre es ein Klacks, als wäre dieser Scheißfeind im Nu zu schlagen.« Linus seufzte. *»Bei dir wirkt der Krieg wie ein spannendes Abenteuer, etwas für ein Comicalbum. Alles Fantasie.«*

»Seit wann ist Fantasie denn falsch?«, fragt Mister Super erstaunt. Er hat das Flugzeug wieder unter Kontrolle und lenkt es nach oben.

»Sie ist nicht falsch. Es ist nur …« Linus schaute unbehaglich auf die Schnur in seinen Händen. *»Simon hat recht. Ich bin zu groß dafür.«*

»Und seit wann hörst du auf deinen übellaunigen Bruder? Als hätte der eine Ahnung von Fantasie. Nimm dir lieber ein Beispiel an mir!« Mister Super lässt eine Hand los und schlägt sich auf die breite Brust. »Ich bin doch auch nicht zu groß dafür?«

»Mit Fantasie gewinnt man keinen Krieg.« Linus zögerte. Er fingerte an einer Ecke der Zeitung. *»Mit Fantasie kannst du Apke nicht beschützen.«*

»Aber natürlich! Bei mir ist er sicher, das verspreche ich dir! In meinem Krieg ist er so sicher, wie nur irgend möglich!« Mister Supers Stimme überschlägt sich.

»In *deinem* Krieg, ja.« Genau darum ging es. Linus schlug das Heft zu und schob es schnell mit den anderen Heften unter die Zeitung. Während er die Schnur verknotete, stützte er sich mit seinem ganzen Gewicht auf das Paket, als hätte er Angst, Mister Super könne unten rausschlüpfen.

Der Krieg von Mister Super war ein anderer als der von Apke.

Linus schob die beiden Pakete in die entfernteste Ecke unter dem Bett.

Apkes Krieg war echt. So echt, dass er ihm Angst machte.

25 Die Apfelsinen schienen doppelt so schwer wie sonst. Das miese Gefühl der letzten Tage machte alles schwerer. Langsam stieg Linus die Treppe hinauf.

»Hallo Linus.« Die Tür schwang auf, bevor Linus oben war. »Komm rein.«

Linus zögerte.

»Oder hast du keine Zeit?« Mister Orange sah ihn forschend an. »Alles in Ordnung mit dir? Doch keine schlechten Nachrichten von deinem Bruder, hoffe ich?«

»Nicht von Apke«, sagte Linus. »Aber von seinem Kameraden aus New York, der … der ist tot.« Er stellte die Kiste mit einem Knall ab. »Mausetot. Der Krieg.« Er erschrak über die Härte, mit der das herauskam. Und gleichzeitig wollte er, dass es hart klang.

»Das ist lausig.« Mister Orange seufzte. »Dieser ganze elende Krieg ist lausig.« Er bückte sich, um zwei Apfelsinen aus der Kiste zu nehmen, und hustete.

»Die böse Hexe, so nenne ich den Krieg.« Vorsichtig richtete er sich auf. »Wie die Hexe aus dem Schneewittchen-Film. Schwierig anzugreifen, weil sie jede Menge gemeiner Tricks auf Lager hat.«

Linus folgte ihm in die Küche. Auf dem Tisch standen zwei Teller bereit. Mister Orange hatte mit ihm gerechnet, wie immer. Das üble Gefühl rückte ein Stückchen zur Seite. Linus ging auf die andere Tischseite. Die Tür zum Atelier war angelehnt. Er setzte sich auf den Schemel und atmete den Farbgeruch ein.

»Und doch ist Zurückschlagen die einzige Möglichkeit.« Mister Orange setzte sich ihm gegenüber. »Wir müssen uns wehren.«

»Aber *Sie* sind weggegangen.« Es kam einfach so heraus und es tat ihm nicht einmal leid. Es war ein Gedanke, der ihm schon länger durch den Kopf spukte. Mister Orange nickte. Seine Worte ließen ihn nicht zusammenzucken.

»Jeder kämpft auf seine Art. Dein Bruder ist jung und stark, er kann ihnen mit Muskelkraft zu Leibe rücken. Aber ein alter Mann wie ich?« Er lachte trocken. »Der Feind überrennt mich einfach.« Das Messer ritzte in die Schale. Hälften, Viertel, Achtel. »Ich muss mich mit meiner Vorstellungskraft begnügen.«

»Vorstellungskraft?« Das Wort schüttelte Linus. Da war das miese Gefühl auch schon wieder. »Was nutzt einem die Vorstellungskraft im Krieg? Fantasie kann keine Kugeln abhalten. Keine *echten* Kugeln.«

»Ah!« Mister Orange wedelte mit dem Messer. »Täusch dich nicht! Fantasie ist eine mächtige Waffe.« Seine Augen funkelten.

Er versteht überhaupt nichts davon, dachte Linus. Er saß hier nur, an diesem wundersamen Ort zwischen all seinen Bildern. Während in Europa echte Soldaten echt starben, saß er hier herum und …

»Fantasieren heißt sich verstecken!«, rief er. »Vor allem, was echt ist, vor dem Krieg, den Kugeln, den verwundeten Soldaten.«

Warum wurde er plötzlich so wütend auf Mister Orange? Gleich muss ich zu Hause erklären, warum er nie mehr etwas bestellen will, dachte Linus. *Der Kunde hat immer recht*, hallte die Stimme seines Vaters irgendwo in seinem Hinterkopf. Aber er konnte nicht aufhören. Er raste weiter, als würde er in seinem Karren bergab sausen, ohne Bremse. Unten war ein Abgrund, auf den er direkt zusteuerte, immer schneller; keiner konnte ihn noch retten. Außer Mister Super. Der würde sich vor den Karren werfen, seinen Dampf auf Extrapower stellen und ihn mit einer Hand aufhalten, ohne dass auch nur sein Helm verrutschen würde. Doch er hatte Mister Super weggeschickt und das war auch gut so, denn schon der Gedanke an ihn machte Linus noch wütender.

»Hier ist alles so wunderbar.« Er zeigte auf das Atelier. »Aber es ist so …« Er suchte nach dem richtigen Wort. Irgendwo draußen hupte ein Auto. »… so weit weg von allem. Wenn man hier ist, könnte man glauben, die echte Welt gäbe es nicht.«

Mister Orange schälte unbeirrt weiter. An seinem Gesicht war nicht abzulesen, was er dachte.

»Sie reden über Schneewittchen und böse Hexen … die gehören in Märchen.« *Genau wie Superhelden*, dachte Linus. »Die können nur in der Fantasie leben.«

»Aber Vorstellungskraft ist viel mehr als das!« Mister Orange schob ihm den Teller mit der Apfelsine über den Tisch zu. Seltsamerweise wirkte er gar nicht böse. »Fantasie dreht sich nicht nur um Dinge, die nicht vorhanden sein können. Fantasie braucht man gerade auch, um echte Dinge zu machen.« Er sah Linus strahlend an. »Neue Dinge, die es erst noch nicht gab, aber später schon, und nur, weil jemand sie sich ausdenkt. Alles beginnt mit der Vorstellungskraft: Sie ist der erste Schritt zu allem, was die Menschen je geschaffen haben.« Er wies um sich.

»Alles, was du um dich herum siehst hier in der Stadt, drinnen und draußen, alles, was du anfassen kannst, worauf du zeigen und was du festhalten kannst, alles, was du ›echt‹ nennst, hat einmal als Idee im Kopf eines Menschen angefangen. Ohne Vorstellungskraft wäre all das nie entstanden.« Er zeigte nach draußen. »Keine Straßen, keine Gebäude, keine Stadt.« Seine Wangen glühten, als hätte er Fieber.

»Dieser Tisch.« Er klopfte darauf. »Dieses Haus.« Er stampfte mit dem Fuß auf den Boden. »Alles felsenfest, alles echt. Und alles echt *dank* der Vorstellung. *So* mächtig ist Fantasie.«

Mister Orange sah aus, als sei das alles glasklar. Linus zupfte an einem Stück Apfelsine.

»Ich verstehe immer noch nicht, was das alles mit dem Krieg zu tun hat. Ich meine …« Linus zögerte. »Ihre Bilder zum Beispiel.« Er musste es einfach fragen. »Nur mit Farbe auf einer Leinwand kann man doch nie einen Krieg gewinnen?«

»Wenn Vorstellungskraft so ungefährlich wäre, wie du denkst«, sagte Mister Orange, »dann bräuchten die Nazis nicht so große Angst davor zu haben.«

»Angst?« Linus sah ihn verständnislos an.

»Kaum zu glauben, was? Angst vor ein bisschen Farbe auf einer

Leinwand«, sagte Mister Orange spöttisch. »Sie haben so große Angst davor, dass sie meine Bilder verbieten wollen.«
»Verbieten?«
Mister Orange lächelte über sein Erstaunen. »Genau wie die Arbeit vieler anderer, genau wie alles, was nicht auf ihrer Linie ist. Am liebsten würden sie jedem, der eine wie auch immer geartete andere Idee hat, den Mund verbieten.« Er lächelte erneut, ein wenig säuerlich. »Wenn es nicht so schrecklich wäre, könnte man fast stolz darauf sein.«
»Deswegen also mussten Sie weg … weil Sie in Gefahr waren!« Linus hielt die Luft an. »Hatten Sie Angst?«
»Keine Angst um mich.« Mister Orange wischte seine Worte weg. »Ich hatte Angst, dass meine Arbeit in Gefahr war. Angst, dass ich keine Bilder mehr malen dürfte, Angst, dass niemand sie je mehr sehen könnte. Dann hätten sie gewonnen.« Er hustete.
»Zum Glück gab es Menschen, die mir halfen, nach New York zu kommen. Hier kann ich wieder machen, was ich machen möchte.« Der Husten wurde so schlimm, dass er nicht mehr weiterreden konnte. Er stand auf, füllte ein Glas mit Wasser und leerte es noch im Stehen am Hahn. Er sah erhitzt aus. Vielleicht sollte ich lieber gehen, dachte Linus. Aber Mister Orange setzte sich ihm schon wieder gegenüber.
»Malen ist *meine* Art zu kämpfen.« Er sprach weiter, als wäre nichts geschehen. »Es ist meine Art, danach zu suchen, wie es in der Zukunft besser werden kann.«

»Zukunft?« Linus schob den leeren Teller so weit wie möglich von sich, als könne er damit auch das Wort von sich schieben. »Wen interessiert die Zukunft, solange wir noch mitten im Krieg sind?«

»Den Krieg gewinnen *ist* kämpfen für die Zukunft«, sagte Mister Orange. »Eine Zukunft, in der Menschen ihre Freiheit behalten. Die Freiheit zu denken und sich auszumalen, was sie wollen.«

»Und wenn wir verlieren?«, fragte Linus.

»Das geschieht nicht.«

»Was macht Sie da so sicher?«

»Ich vertraue darauf.« Mister Orange sah ihn ruhig durch seine dunkle Brille an. »Wenn man Menschen ihre Freiheit nimmt, widersetzen sie sich immer. Früher oder später.«

Er machte eine Faust und streckte Zeigefinger und Mittelfinger hoch, sodass sie zusammen ein V bildeten.

»*V for Victory* … das Zeichen für Sieg.« Er lachte fast jungenhaft. »Wusstest du, dass sie sogar diese Geste verboten haben?«

Linus ballte seine eigene Faust und machte die Geste nach.

»Den Krieg gewinnen«, sagte Mister Orange, »heißt dafür sorgen, dass die Vorstellungskraft frei bleibt. Das ist das Allerwichtigste.«

»Eigentlich«, sagte Linus bedächtig, »arbeitet Apke also genauso hart an der Zukunft wie Sie … eigentlich kämpft er dafür, dass Sie weiter malen können.«

»Gewiss.« Mister Orange legte seine Hände flach auf den Tisch und erhob sich. »Und damit du dir alles anschauen kannst … wenn es fertig ist. Aber dann muss ich mich jetzt an die Arbeit machen.« Auf dem Weg zur Tür legte er Linus kurz eine Hand auf die Schulter. »Wenn es fertig ist, kannst du *sehen*, was ich meine, ohne all die Worte …« Er seufzte, als hätte ihn das Gespräch angestrengt. Durch diesen Seufzer begann er wieder zu husten.

»Nächstes Mal«, flüsterte er und hob die Hand.

Linus nickte. Er erwiderte den Gruß und lief die Treppe hinunter. Er war neugierig geworden, wie die Zukunft aussehen würde. Oder in jedem Fall die Zukunft, die Mister Orange suchte.

26

Endlich fiel der Schnee, der schon den ganzen Tag in der Luft gehangen hatte. Linus zog die Tür von Castellis Restaurant hinter sich zu. Er hatte nach dem Essen eine Extrabestellung dort abgeliefert. Drinnen herrschte viel Betrieb; durch die geschlossene Tür konnte er die Leute noch immer lachen und reden hören. Er atmete die frische Luft ein. Es war bereits nach acht und ruhig auf der Straße. Auf dem Bürgersteig blieb eine dünne weiße Schicht liegen. Der Schnee war so frisch, dass es noch fast keine Spuren darin gab.

Die Räder des leeren Karrens rutschten ein wenig. An der Straßenecke blieb er stehen. Geradeaus war der kürzeste Weg nach

Hause. Geradeaus war auch der Laden von Bartalis … er bildete sich ein, das Aushängeschild von hier sehen zu können. In der letzten Zeit hatte er diesen Abschnitt der Straße gemieden.
Er schob seine Kappe zurück und hielt sein Gesicht hoch. Der fallende Schnee hob sich weiß gegen den dunklen Himmel ab. Für einen Moment schloss er die Augen. Er konnte doch nicht endlos einen Bogen um den Laden machen?
Die Flocken berührten sanft seine Stirn, fühlten sich kalt an auf seinen Wangen. Er holte tief Luft und überquerte die Straße. Schon bald tauchte das Aushängeschild wirklich auf der gegenüberliegenden Straßenseite auf.
Es gab nichts Besonderes an dem Haus zu sehen. Es war spät, der Laden war längst geschlossen. Wenn er schon bis hierher gekommen war, konnte er genauso gut auch auf die andere Seite gehen. Dort war das Banner mit den beiden Sternen.
Zwei Sterne, einer war blau. Nur einer.
Der andere war aus Gold. Ein goldener Stern für diejenigen, die jemanden im Krieg verloren hatten.
So etwas Schönes, dachte er, während sein Blick an dem Stern klebte. *Für so etwas Abscheuliches.*
Er konnte nicht aufhören zu starren.
Wegen des Schnees hörte er die Schritte erst, als sie ganz nah waren. Sie hielten vor der Ladentür, dicht neben Linus.
Es waren die Schritte eines Soldaten. Das musste Gervasis Bruder sein. Seine Uniform sah so ähnlich aus wie die von Apke. Der

Soldat zog einen Schlüssel aus der Tasche und öffnete die Ladentür. Bevor er eintrat, sah er zur Seite zu Linus. Nickte kurz, grüßte. Sein Vater hatte ihm bestimmt dasselbe beigebracht wie ihrer, *immer höflich, denn jeder kann ein Kunde sein*. Die Tür schloss sich, bevor Linus den Gruß erwidern konnte.
In sich gekehrt ging er weiter, der Karren schlitterte hinter ihm her. Er hätte gern etwas sagen wollen, etwas Nettes. Aber dieser Soldat kannte ihn natürlich gar nicht. Und im Übrigen: Was hätte er denn sagen sollen? Was sollte man zu jemandem sagen, der seinen Bruder verloren hatte? In seinem Kopf blieb es so still wie auf der Straße, wo der Schnee jedes Geräusch dämpfte.

Durch die Schaufensterscheibe sah er seinen Vater im Laden. Dass er abends unten war, wunderte Linus nicht, wohl aber, dass er auf einer leeren Kiste saß und vor sich hin starrte. Seine Hände ruhten auf seinen Oberschenkeln. Linus klopfte an die Scheibe. Sein Vater stand auf, um ihn hereinzulassen. Schweigend half er ihm, den Schnee vom Karren zu fegen. Linus zog den Karren nach hinten, und als er noch kurz um die Ecke schaute, um ihm eine gute Nacht zu wünschen, hatte sein Vater eine zweite Kiste hinzugeschoben und winkte Linus. Er steckte eine Hand in die Jackeninnentasche und hielt ein Stück Papier hoch.
»Hast *du* Apkes Brief gelesen?«, fragte er, ohne zu warten, bis Linus saß.
Linus erschrak. Wie konnte sein Vater das wissen?

»Um das herauszufinden, braucht man kein Detektiv zu sein.« Sein Vater wies auf den Blutfleck, den Linus wegzuwischen versucht hatte.

Linus nickte. Er ballte die Fäuste und stellte sich innerlich auf die zu erwartende Strafpredigt ein.

Sein Vater hatte sich vorgebeugt, Ellbogen auf den Knien, und starrte auf das Papier. Er drehte es hin und her, als versuchte er, auf dem Papier die Worte zu finden, die er sagen sollte.

Eigentlich sah er gar nicht so wütend aus. Linus betrachtete ihn vorsichtig von der Seite. Er schaute … anders; Linus konnte seinen Blick nicht gut einordnen.

»Dieser Brief war nicht für dich gedacht«, sagte sein Vater endlich. Er wandte den Kopf zur Seite, aber er sah Linus nicht an. »Ich mache mir Sorgen.«

»Um Apke?« Linus nickte. Das ging ihm genauso.

Sein Vater schüttelte den Kopf. »Um dich«, sagte er.

»Um *mich*?« Linus sah ihn verblüfft an. Wo blieb denn die Standpauke?

»Ich mache mir Sorgen darüber, wie du Apkes Worte wohl auffasst.« Er räusperte sich. »Es sind schlechte Nachrichten von seinem Kameraden.«

Linus nickte. »Ich kam gerade an ihrem Laden vorbei«, sagte er. »Dort hängt ein goldener Stern.«

Das Papier drehte und drehte und drehte sich. Linus war nicht sicher, ob sein Vater ihn gehört hatte.

»Das sagt nichts über Apke«, sagte er schließlich, fast feierlich. Seine Stimme klang seltsam. »Apke geht es gut.«

»Der Krieg ist lausig«, sagte Linus.

»Lausig?« Sein Vater gab einen Laut von sich, als müsse er lachen, hätte sich aber gerade verschluckt. »Was für ein sonderbares Wort!«

»Das sagt Mister Orange«, erklärte Linus. »Dass der Krieg lausig ist und dass …«

»Das sagt nichts über Apke«, sagte sein Vater noch einmal, »das dürfen wir nicht vergessen.« Die Falten auf seiner Stirn wurden so tief, dass Linus erschrak. Plötzlich wusste er ein Wort für Vaters Blick. Sein Vater hatte Angst, genau wie er. Linus konnte es an den tiefen Furchen sehen und daran, dass er ihn einfach nicht ansah. Angst vor dem, was nicht geschehen war, aber jederzeit passieren konnte. Angst vor dem, was seine Mutter seinem Vater verboten hatte auszusprechen.

Linus sprang auf. Er wollte keinen Vater, der sich Sorgen machte. Er wollte einen Vater, der sagte, dass alles in Ordnung käme. Mit Apke, mit dem Krieg, mit dem Sieg. Der darauf vertraute, wie Mister Orange. Er ging auf und ab, von der Ladentheke zu seinem Vater und wieder zurück und gab sich Mühe, sich an die Worte von Mister Orange zu erinnern. Wie hatte der es noch ausgedrückt?

»Mister Orange sagt, dass man Vorstellungskraft braucht, um den Krieg zu gewinnen.«

»Vorstellungskraft?« Sein Vater zog die Augenbrauen zu einem einzigen langen Strich zusammen. Linus zögerte. Als Mister Orange das sagte, hatte es so logisch geklungen, aber jetzt begann auch er zu zweifeln.

»Alle Dinge, die es noch nicht gibt, muss man sich erst vorstellen, bevor sie echt werden können.« *Hatte er das so gemeint?*, dachte Linus verwirrt.

Sein Vater schien schon wieder das Interesse zu verlieren.

»Ich meine keinen Trick oder so, ich meine …« Fieberhaft suchte er nach Worten. »Ich meine, dass Apke in den Krieg gegangen ist, weil er Fantasie hat.« Er setzte sich, erstaunt über seinen eigenen Gedanken. Die Augenbrauen seines Vaters schossen so hoch, dass sie fast den Haaransatz berührten.

»Wenn er sich nicht erst vorgestellt hätte, wie wir den Krieg gewinnen könnten, wäre er natürlich nie gegangen!« Jetzt kamen die Worte ganz von allein. »Er ist gegangen, weil er sich die Zukunft vorstellen konnte. Die gute Zukunft; nicht die Zukunft, in der jeder tun muss, was der Feind will, sondern die andere. Die Zukunft, in der jeder tun kann, was er *selbst* möchte. Darum ist er in den Krieg gezogen. Weil er verstanden hat, dass man dafür kämpfen *muss*.«

Die Augenbrauen seines Vaters blieben oben.

»Und wenn Apke sich vorstellen kann zu gewinnen, während die Kugeln um seinen Kopf pfeifen …« Er zögerte. Wie ging es weiter?

»… dann kann es für uns doch nicht so schwierig sein, uns dasselbe vorzustellen? Und dass Apke danach wieder nach Hause kommt?« Linus war es warm geworden.

Die Augenbrauen seines Vaters waren wieder auf ihren Platz gerutscht. Er begann vorsichtig zu lächeln. Schließlich schaute er Linus an.

»Du bist mir vielleicht einer, Linus Gregorius Mueller.« Er sah ihn so eindringlich an, dass Linus fast verlegen wurde. Und wofür der mittlere Namen nun schon wieder gut sein sollte …

Er wuschelte Linus durch die Haare und ließ die Hand noch kurz liegen, bevor er langsam aufstand. Während er die Markise am Fenster herunterzog, pfiff er leise eine Melodie. Mittendrin schaute er zu Linus hinüber, schüttelte den Kopf und lachte laut auf.

Linus stand auf, er fühlte sich plötzlich erleichtert. Nicht, weil er einer Standpauke entgangen war, sondern weil er froh war, dass er die Sache mit dem Brief nicht mehr geheim halten musste.

Sein Vater löschte das Licht im Laden.

»Ach ja.« Am Fuß der Treppe drehte er sich um. »Das nächste Mal, wenn du die Neigung verspürst, Post zu lesen, die nicht für deine Augen bestimmt ist, darfst du ein Jahr lang jeden Samstagnachmittag Karotten schrappen.«

Linus nickte, froh, dass er mit einer Verwarnung davongekommen war.

»Dieses Mal belassen wir es bei vier Samstagen.« Sein Vater musste über Linus' Gesichtsausdruck lachen. »Und es wird um keinen Tag gefeilscht.«

27

»Was *machst* du denn da?«
Leicht ertappt sah Linus auf. Sein Vater stand hinter der Ladentheke, die Hände in die Seiten gestützt und betrachtete ihn. Linus hatte gerade eine Kiste Kartoffeln in eine andere Kiste umgepackt und die Kartoffelkiste mit Apfelsinen gefüllt. Es war eine besonders stabile, genauso eine konnte Mister Orange gut gebrauchen, wie er wusste.
»Dein Karren steht schon eine ganze Weile vor der Tür und kein Kunde kann mehr vorbei.« Sein Vater runzelte die Stirn, aber seine Augen schauten nicht böse, eher amüsiert. In der letzten Zeit war die Stimmung zu Hause wieder etwas entspannter.
»Bin schon weg!« Linus hob die Kiste hoch, in der jetzt die Apfelsinen waren, und ging damit durch den Laden. Er wollte es seinem Vater gerade erklären, als er den Postboten sah, der versuchte, sich am Karren vorbeizuzwängen. Linus stellte die Kiste mitten im Gang ab, um das Hindernis zur Seite zu schieben.
»Lass nur!« Der Postbote reichte ihm über den Karren hinweg einen Brief. »Würdest du den deinem Vater geben?« Er tippte an seine Mütze und nickte Linus' Vater durch das Fenster zu.

»An das sehr geehrte Ehepaar Mueller« stand in gedruckten Buchstaben auf dem Umschlag. In der linken oberen Ecke war ein großer Stempel. Linus konnte die Wörter »Krieg« und »Ministerium« entziffern. Neuigkeiten von Apke? Aber der Brief war nicht von Apke selbst … Linus reichte seinem Vater den Umschlag und schaute ihn fragend an.
Sein Vater schaute auf den Umschlag und ließ ihn auf die Theke fallen, als hätte er sich die Finger daran verbrannt.
»Hol deine Mutter«, sagte er beherrscht. Er ging um die Theke herum zur Ladentür und verschloss sie. »Und du bleibst oben.«
»Aber …«
»Los!« Sein Vater drehte sich so rüde um, dass er die Kiste im Gang umstieß. Apfelsinen rollten in alle Richtungen. Er schien es nicht einmal zu merken.
Linus nahm immer zwei Stufen zugleich und flog die Treppe hinauf.
»Pass kurz auf die Kleinen auf«, sagte seine Mutter nach einem Blick auf Linus' Gesicht. »Max erledigt gerade eine Besorgung.« Sie lief die Treppe hinunter.
Linus stand wie erstarrt in der Tür. Ein Brief vom Ministerium … das konnte nichts Gutes bedeuten. Er hielt den Atem an und versuchte zu hören, was unten geschah, aber die Kleinen machten zu viel Radau. Wilke rannte um den Tisch hinter Sis her. Wilke knurrte und Sis schrie. Linus ging auf sie zu und fing Sis ab. Sie schrie noch lauter und strampelte aus Protest mit den Beinen.

»Ruhe jetzt.« Linus setzte sich mit Sis auf dem Schoß an den Tisch. Erstaunlicherweise blieb sie still sitzen und schaute ihn mit großen Augen an. Wilke rannte weiterhin seine Runden, als hätte er nicht einmal gemerkt, dass Sis schon lange nicht mehr mitmachte.

Linus atmete tief ein und wartete. Mit Sis auf dem Schoß fühlte er sich ein wenig besser. Solange er sie festhielt, konnte doch nichts Schlimmes passieren?

Endlich kamen Schritte die Treppe herauf. Ihr Vater erschien als Erster in der Türöffnung, sein Gesicht war merkwürdig weiß. Die Augen ihrer Mutter waren rot umrandet. Wilke hörte auf zu rennen und stellte sich neben Linus. Zu dritt schauten sie von einem zum anderem.

»Nachricht von Apke«, sagte ihr Vater. Seine Stimme klang, als wäre er erkältet. Linus drückte den Arm von Sis, sein Blick klebte am Gesicht ihres Vaters. Ganz kurz erschien dort ein Lächeln, das aber ebenso schnell wieder verschwand. So schnell, dass Linus dachte, er hätte es sich eingebildet.

»Er kommt in absehbarer Zeit nach Hause.«

Die Worte blieben mitten im Zimmer hängen.

»Ist der Krieg denn jetzt vorbei?«, fragte Wilke nach einer Weile.

Ihr Vater schüttelte den Kopf.

»Er kommt nach Hause, weil er krank ist.« Erneut dieses Lächeln, das sich sofort wieder versteckte. Wie die Sonne an einem windigen Tag hinter den Wolken.

»Ist Apke verwundet?« Da war sie wieder, Wilkes helle Stimme. Linus hielt den Atem an. Er verstand nicht, wie Wilke sich das zu fragen traute. Hatte er denn keine Angst vor der Antwort?
»Er ist nicht verwundet, aber krank. Seine Füße ertrugen die Nässe und die Kälte in den Bergen Italiens nicht gut. Laufgrabenfuß heißt das; viele Soldaten leiden daran. Bei Apke ist es sehr schlimm, aber bei guter Pflege kann er ganz gesund werden. Bald kommt ein Schiff mit Verwundeten und Kranken hier in die Gegend und darauf wird er sein.«
Niemand sagte etwas. Niemand schien zu wissen, ob sie jetzt froh sein durften oder nicht.
»Au!« Sis zwängte sich aus Linus' Griff und rutschte von seinem Schoß. Erst als Linus auch aufstehen wollte, spürte er, wie schlapp seine Arme und Beine waren.
Unten bollerte jemand an die Ladentür.
»Kundschaft! Die gönnt einem wirklich keinen Moment Ruhe.« Dieses Mal blieb das Lächeln ihres Vaters länger hängen. Er gab ihrer Mutter einen Kuss auf die Wange und schaute zu Linus hinüber. »Stellst du den Karren noch rasch zur Seite?«
Linus folgte seinem Vater nach unten. Wie betäubt starrte er auf die Apfelsinen, die über den Boden verstreut lagen.
»Wenn du sie einsammelst, lasse ich diesen Krachmacher rein.« Behutsam suchte sich sein Vater zwischen den Apfelsinen einen Weg zur Tür. Er hatte wieder seine eigene vertraute Stimme. Das half. Linus konnte sich plötzlich wieder normal bewegen.

28 *Apke kommt nach Hause!*

Linus drückte die Ladentür auf. Die kalte Luft draußen machte seinen Kopf mit einem Schlag wieder klar. Es war, als würde ihm jetzt erst bewusst, wie lange er Apke nicht gesehen hatte. Als er wegging, war es September, und jetzt hatten sie Februar.

Das Seltsame am Warten auf etwas, dachte Linus, war, dass es immer schwieriger wurde, Geduld zu haben, je näher es rückte. Er stellte die Kiste in den Karren und malte sich aus, wie er Apke zum ersten Mal wiedersehen würde. Vielleicht, wenn er gerade von seiner Runde zurückkäme. Dort, schräg gegenüber auf der anderen Straßenseite würde sein Blick plötzlich auf einen Mann fallen. Natürlich würde er Apkes vertraute Gestalt sofort erkennen, den Seesack über der Schulter. Linus spürte, wie sich seine Mundwinkel zu den Ohren bewegten, in einem Grinsen, das breiter war als sein Gesicht. »Apke!«, würde er so laut wie möglich rufen und alle würden nach draußen gestürmt kommen.

Oder nein, er ruft gar nicht laut. Er stellt den Karren vor die Schaufensterscheibe, in die Ecke unter den blauen Stern, wie sonst auch, und geht ihm entgegen. Jetzt sieht Apke ihn, er überquert die Straße und Linus auf seiner Seite auch, er rennt auf die Straße und trifft Apke in der Mitte, am liebsten würde er sich ihm einfach in die Arme stürzen, aber das macht er natürlich nicht.

Er bleibt ganz nah vor ihm stehen, mitten auf der Straße, und boxt ihm an den Arm. Der zweite Schlag landet in Apkes Bauch, den er augenblicklich superhart anspannt, wie nur er das schafft, sodass

Linus' Hammerschlag ihm nichts anhaben kann. Dann muss Linus ihn einfach kitzeln, bis es Apke vor lauter Lachen nicht mehr gelingt, seine Bauchmuskeln anzuspannen, und dann rammt er seinen Kopf in Apkes Bauch und dann kann Apke immer noch nicht aufhören mit Lachen und dann legt Apke den freien Arm, der den Seesack nicht halten muss, um Linus' Kopf und nimmt ihn in den Schwitzkasten, und so umkreisen sie sich. Autos weichen ihnen hupend aus, aber die sind ihnen egal, sie drehen und drehen sich im Kreis, bis Linus um Gnade rufen muss und Apke endlich loslässt und sie sich aufrichten, schwindelig vom Lachen und Kreiseln.

Oder nein, wenn Apke Probleme mit den Füßen hatte, würde er natürlich nicht zu Fuß kommen … aber doch konnte Linus es sich nicht verkneifen, kurz über die Schulter zu schauen, schräg auf die andere Seite. Er fasste den Karren am Griff und machte sich eilig auf den Weg, mit großen Schritten, als könnte er damit die Zeit schneller vergehen lassen.

An der Ecke, an der die Third Avenue Liams Straße kreuzte, blieb er stehen. Er sah links die Straße hinunter. Schaute, ob er Liam vielleicht mit diesem elenden MacKenna entdecken konnte. Zum ersten Mal machte ihn dieser Gedanke nicht wütend. Er konnte sich plötzlich gar nicht vorstellen, noch länger nicht mehr mit Liam befreundet zu sein. Er schaffte es einfach nicht mehr, noch länger böse zu bleiben. Bevor er es sich überlegen konnte, war er schon abgebogen.

Noch ehe er auf Höhe von Liams Haus war, rief er seinen Namen.

Er hämmerte an die Tür und rief erneut. Ganz laut. Oben wurde ein Fenster hochgeschoben und Liams erstaunter Kopf zeigte sich. Ohne ein Wort verschwand er sofort wieder. Linus wartete. Er konnte das vertraute Poltern auf der Treppe durch die Tür hören und auf einmal flog sie auf. Liam kam heraus, die Kappe auf dem Kopf, die Jacke noch in den Händen. Ein wenig verlegen standen sie sich gegenüber.

Liam tat, als wäre er eingehend mit seiner Jacke beschäftigt.

»Apke kommt nach Hause«, sagte Linus.

»*Echt*?«, sagte Liam. Ein Grinsen brach sich Bahn. »Wahnsinn!« Er steckte die Hände in die Taschen und trat gegen einen Stein.

»Dieser Georgie ist ein Idiot«, sagte er.

»Kommst du auch endlich dahinter?«, sagte Linus und feixte. »Das hätte ich dir schon längst sagen können.«

»Das hast du ja«, sagte Liam mit einem schiefen Lachen. Er schob die Hände noch tiefer in die Taschen. »Rosie hat ihn rausgeworfen.«

»Ich wusste schon immer, dass Rosie nicht blöd ist.«

»Jetzt gehst du aber ganz schön weit.« Liam grinste. »Sie hat ziemlich lange dazu gebraucht.«

Du auch, dachte Linus. Er kickte ein Steinchen weg. Es prallte gegen einen Laternenpfahl und hüpfte zurück, bis kurz vor seine Füße. Sie lachten beide laut los.

»Ich muss Apfelsinen ausliefern«, sagte Linus.

»Soll ich mit?«, fragte Liam.

Linus zögerte. Er wusste nicht, ob Mister Orange das gefallen würde.

»Ich komme auf dem Rückweg noch mal kurz vorbei«, sagte er und boxte Liam.

»Aber nicht vergessen.« Liam boxte sofort zurück. Das gibt bestimmt blaue Flecken, dachte Linus zufrieden. Er wendete den Karren und lief zurück. Als er sich kurz darauf umdrehte, stand Liam noch dort. Linus grinste und hob eine Hand, bevor er um die Ecke bog.

Die Kiste schien nichts zu wiegen, während er die Treppe zu Mister Orange hochstieg. Bald würde er sie bestimmt mit *einer* Hand tragen können. Er würde es Apke zeigen. Vielleicht, dachte er plötzlich, könnte er Apke Mister Orange ja vorstellen! Der hatte schließlich schon viel von ihm gehört und sie hatten dieselbe Schiffsreise gemacht …

Die Tür oben war noch zu. Linus klopfte. Apke würde es bestimmt gefallen, Mister Orange zu treffen. Sie konnten über Europa sprechen und über das Zeichnen … er würde gleich mal Mister Orange fragen, ob der es für eine gute Idee hielt. Oder nein – es sollte eine Überraschung sein! Dann würden sie beim nächsten Mal einfach zu zweit hier stehen.

Die Tür schwingt auf, Mister Orange schaut durch seine dunkle Brille, erstaunt, aber amüsiert, mit seinem kleinen Lächeln.

»Mister Orange, das ist also mein Bruder, der aus dem Krieg zu-

rückgekommen ist. Apke, das ist Mister Orange, er kommt aus Europa und er ist Maler.« Sie schütteln sich die Hände.
»Apke will Zeichner werden«, sagt Linus beiläufig.
»Aha«, sagt Mister Orange überrascht. »Das ist toll!« Er kann Apke ja vielleicht helfen, warum nicht? Vielleicht kann er ihm ja Unterricht geben, vielleicht -
»Ja?«
Linus hatte nicht gemerkt, dass die Tür sich geöffnet hatte. Ein Mann, den er nicht kannte, sah ihn prüfend an. Auf seinem Bauch hing ein Fotoapparat. Ein großer, so einer, mit dem die Pressefotografen herumliefen, wie am Morgen der Militärparade vor ein paar Monaten. Vor einer Ewigkeit.
»Bestellung für Mister Orange«, sagte Linus und nickte zur Kiste hinunter, die er an den Bauch gedrückt hielt.
»Mister Orange?« Der Mann sah misstrauisch von ihm zu den Apfelsinen. »Soll das ein Witz sein?« Er wollte die Tür schon fast wieder zumachen.
»Überhaupt nicht!«, rief Linus schnell. Dumm, dass er sich den richtigen Namen von Mister Orange nie hatte merken können. »Ich bin der Laufbursche.«
»Hier werden keine Bestellungen benötigt«, sagte der Mann kurz angebunden. »Nimm die Kiste ruhig wieder mit.«
»Wer ist das?« Schritte näherten sich.
»Irgendein Junge, der versucht, witzig zu sein«, rief der Mann über die Schulter. Das Gesicht, das nun auftauchte, kannte Linus.

»Hallo, Apfelsinenjunge«, sagte der Mann, den Mister Orange Harry nannte. Er lächelte, aber es wirkte nicht richtig fröhlich. »Was mein Freund hier sagen will ist, dass dein, äh, Mister Orange, leider krank geworden ist.«

»Krank?«, fragte Linus besorgt. Zum Glück brachte er ja neue Apfelsinen.

»Er musste ins Krankenhaus wegen einer schweren Lungenentzündung. Leider hat er es nicht geschafft.«

Linus verstand nicht. Was hatte er denn nicht geschafft?

»Er ist vorige Woche gestorben.« Harry schaute auf seine Füße. »Im Krankenhaus konnten sie nichts mehr für ihn tun.«

»Vorige Woche?« Linus schüttelte den Kopf. Er konnte doch nicht seinen Mister Orange meinen? Linus musste ihm noch von Apke erzählen. Er schaute zur geschlossenen Küchentür.

Wie konnte er denn tot sein, wo sie doch erst neulich hier über den Krieg gesprochen hatten und über die Zukunft? Linus starrte auf die Apfelsinen. Wie sollte es jetzt weitergehen mit der Zukunft?

»Ich schicke noch jemanden vorbei, um die Rechnung zu bezahlen«, sagte Harry. Er nickte freundlich.

Linus drehte sich langsam um. Hinter sich hörte er die Tür mit einem Klicken ins Schloss fallen. Die Kiste an sich gepresst, ging er die Treppe hinunter, die Arme verkrampft vom Heben. Die Kiste, die er am Mittag noch umgepackt hatte, weil er dachte, Mister Orange könne sie gut gebrauchen.

Die Kiste? Unten an der Treppe blieb er stehen. Er dachte an das Schränkchen aus Apfelsinenkisten, an den selbst gezimmerten Tisch, an die Wände mit den Vierecken, die Musik – an all das, was zusammen die helle Welt von Mister Orange ausmachte. Er sah die Männer wieder vor sich, die pfeifend das Haus von Frau de Winter ausräumten. Er dachte an ihre Sachen auf dem Bürgersteig im strömenden Regen.

Er stellte die Kiste ab und stürmte nach oben. Er klopfte laut an die Tür, drängend, bis er die Schritte wieder hörte.

»Was passiert denn mit all dem?«, rief er, bevor die Tür halbwegs offen war.

»All dem?« Harry wirkte etwas ungeduldig.

»All den Sachen von Mister Orange; die Möbel, die er selbst gemacht hat … werfen Sie die jetzt auf die Straße?«

»Auf die Straße?« Harry lachte auf. »Aber davon kann keine Rede sein! Wir werfen überhaupt nichts weg. Ich verspreche dir, dass wir gut für alles sorgen werden.«

Linus entfuhr ein Seufzer.

»Es ist nett, dass du dir darum Sorgen machst.« Harry sah ihn aufmerksam an, jetzt wieder etwas freundlicher.

»Willst du vielleicht noch kurz hereinschauen?«, fragte er plötzlich.

Linus dachte an das rautenförmige Bild. Er fragte sich, ob Mister Orange es wohl noch fertig bekommen hatte. Vielleicht konnte er es sich jetzt ansehen …

Und – gefällt's dir? Der Gedanke an das halbe Lächeln machte ihn traurig. Er schüttelte den Kopf.
»Lieber nicht«, sagte er. Nicht ohne Mister Orange. Er ging zur Treppe. Harry schaute ihm von der Tür aus hinterher; er schien es gar nicht mehr eilig zu haben.
»Mein Bruder kommt nach Hause. Aus dem Krieg.« Linus verstand nicht recht, warum ihm das so herausrutschte, einem Menschen gegenüber, der nichts von Apke wusste.
»Das sind gute Nachrichten.« Harry lächelte.
Linus war froh, dass er es laut gesagt hatte. Auch wenn Mister Orange nicht da war, um es zu hören.
»Wie heißt er denn«, hörte er über sich, »dein Bruder?«
»Apke.« Linus blieb mitten auf der Treppe stehen. »Oder eigentlich Albert«, sagte er dann, »er möchte, dass wir ihn Albert nennen.«
»Nun, herzlichen Glückwunsch! Sag ihm von mir alles Gute.« Harry hob die Hand, bevor er hineinging. Linus blieb stehen, bis die Tür oben ganz zu war.
Seltsam, dachte er im Weitergehen, dass gute Nachrichten mit so furchtbaren einhergehen konnten. Wäre es nicht viel besser, wenn man alle schlechten Nachrichten gleichzeitig bekäme? Dann könnte man sich anschließend wenigstens richtig über die gute Nachricht freuen.
Unten an der Treppe stolperte er über die Kiste. Wegen der blöden Tränen hatte er sie nicht gesehen. *Hast du dir Schmerz zuge-*

fügt? Der merkwürdige Satz von Mister Orange schoss ihm durch den Kopf, vom ersten Mal, als er hier gewesen war. Er konnte die Worte fast durch das leere Treppenhaus hallen hören. Linus rappelte sich auf, wischte sich einige Male fest über die Augen und hob die Kiste hoch.

Draußen begann es schon zu dämmern.

Nicht nach oben schauen, dachte Linus, aber seine Augen gehorchten nicht. Hinter den Fenstern über dem Laden waren die Lampen an. Von hier war es so, als wäre alles wie immer. Von hier war es, als könnte er die Musik hören. Einige Fetzen zogen wie lose Schlieren durch seinen Kopf. In Gedanken sah er Mister Orange wie einen mageren Vogel durch das Zimmer hüpfen. Dieses Mal konnte er nicht darüber lachen; es fühlte sich nur leer an. Er drehte sich um und lief die Straße hinunter. Die Kiste mit den Apfelsinen holperte im Karren.

Er war schon fast an der Kreuzung zu Liams Straße, als er sich an sein Versprechen erinnerte.

Ich gehe zu Liam! Die Freude darüber, dass der Streit vorbei war, durchströmte ihn und der Gedanke an Apke kam gleich von allein hinterher.

Apke kommt nach Hause!

Plötzlich machten ihn die Musikfetzen in seinem Kopf doch fröhlich. Seine Füße begannen im Rhythmus zu klopfen, sie machten einen Schritt und noch einen. *Zu viel Hüfte,* würde Mister Orange rufen, wenn er ihn sehen könnte.

Linus ließ den Karren los, legte die Hände auf die Hüften, um sie still zu halten, und versuchte es noch einmal.

»Schau dir Linus an! Bestimmt juckt es ihn in den Himmelfahrtszehen!« Rosie hing aus dem Fenster im ersten Stock.

Linus machte den Schritt noch einmal, in aller Ruhe, und noch einmal. Wenn Rosie lachen wollte, sollte sie ruhig. Wenn er tanzen wollte, tanzte er. Und wenn er Farbe an seinen Füßen hätte, dachte er keuchend, wäre jetzt ein Bild auf dem Bürgersteig.

»Liam! Besuch für dich!«, rief Rosie ins Haus. »Völlig durchgedreht!«

Linus hörte einen Wirbel auf der Treppe. Während er wartete, schaute er nach oben und verbeugte sich. Rosie klatschte in die Hände.

Unten öffnete sich die Tür.

New York
März 1945

Was hattest du denn gedacht?, sagt Linus zu seinem Spiegelbild. Er sagt es, ohne die Lippen zu bewegen; er will nicht, dass die Leute hier glauben, er sei nicht ganz dicht.
Die Scheiben des Gebäudes glänzen so, dass er nicht sehen kann, was drinnen ist. Er sieht nur die Menschen darin gespiegelt, die hinter ihm zum Eingang gehen. Männer in schweren Mänteln mit festem Schritt, Damen in Mänteln mit dazu passenden Hütchen. Alle gehen sie durch die gläsernen Türen, als wären sie hier zu Hause. Es herrscht eine festliche Stimmung.
Die Frühlingssonne lugt zwischen zwei hohen Gebäuden in die Straße. Linus kann die Wärme auf seinem Rücken spüren. Er legt den Kopf in den Nacken und schaut hoch. Das Weiß des Dachrandes hebt sich gegen das klare Blau des Himmels ab. Fast die ganze Front des Gebäudes ist aus Glas. Mit seiner spiegelglatten Fassade wirkt es wie aus der Zukunft. Mister Orange kann zufrieden sein.
Linus lässt seinen Blick am Glas herabwandern, bis er sich wieder Auge in Auge gegenübersteht.

Was hattest du denn gedacht – dass du hier deinen Mister Orange finden würdest?

Fast unmerklich zuckt er die Schultern. Mister Orange gehört ihm gar nicht. Hier ist Mister Orange ein Herr mit einem Namen, den Linus einfach nicht behalten kann, der Bilder gemalt hat, die sich all diese Menschen anschauen wollen. Er hatte keine Ahnung, dass so viele Menschen genauso neugierig darauf sind wie er.

Er senkt den Blick noch weiter, an dem alten Wintermantel hinunter bis zu seinen Füßen. Dass seine Schuhe endlich gut passen, heißt nicht, dass sie auch gut aussehen. Nicht gut genug, um sich damit hineinzuwagen, durch die lupenrein glänzenden Türen hindurch.

Die Sonne verschwindet ebenso plötzlich, wie sie erschienen ist, hinter dem Gebäude. Linus fröstelt. Er steckt die Hände in die Taschen und zieht den Kopf zwischen die Schultern. Wenn er es sich recht überlegt, wäre der East River vielleicht doch keine so schlechte Idee … wenn er schnell läuft, ist er gleich da. Linus macht einen Schritt zurück und dreht sich um. Er rennt geradewegs in eine Gruppe von Menschen, die am Eingang stehen und rauchen.

»Pass doch auf, wo du läufst!« Der Mann, gegen den er geprallt ist, fasst ihn an den Schultern. Sie erkennen einander im selben Moment.

»Apfelsinenjunge!« Der Mann, den Mister Orange Harry nannte, lacht überrascht. »Wie schön, dass du gekommen bist! Wie hat es dir gefallen?«

Linus murmelt etwas Unverständliches. Er spürt, wie seine Wangen rot werden.

»Oder bist du noch gar nicht drin gewesen?«

Linus schaut auf seine Füße.

»Gut!« Harry wirft seine Zigarette auf den Boden und tritt sie aus. »Dann begleite ich dich und zeige dir den Weg. Euch sehe ich nachher noch«, ruft er nach hinten. Mit der Hand, die auf Linus' Schulter liegt, lenkt er ihn auf die Glastüren zu und dann einfach in die lichtdurchflutete Eingangshalle. Männer mit gefüllten Gläsern auf Tabletts in der einen Hand, die andere auf dem Rücken, bewegen sich durch die Besuchermenge. Harry geht schnell, Linus muss sich anstrengen, um mit ihm mithalten zu können. Ohne stehen zu bleiben, grüßt er unterwegs nach links und nach rechts, es scheint, als würde er hier jeden kennen. Er sagt etwas zu Linus, aber der versteht ihn nicht, weil seine Ohren so schwirren, sie biegen um eine Ecke und noch um eine weitere, bis sie in einem großen weißen Saal stehen und Linus der Atem stockt.

Er sieht es sofort. Geradeaus, am anderen Ende des Saals. Das unbehagliche Gefühl ist vergessen. Er geht zwischen den Leuten durch, direkt darauf zu. Ein paar Meter davor bleibt er stehen.

»Das letzte Bild, an dem er gearbeitet hat.« Harry stellt sich neben ihn.

Linus nickt. Er erkennt es an der Form. Das Quadrat mit einer der Ecken nach oben. Das Bild, dessen Rückseite er gesehen hat.

Jemand spricht Harry an und zieht ihn mit. Linus merkt es kaum. Er macht noch einen Schritt nach vorn. Es ist das merkwürdigste Bild, das er je gesehen hat, und doch ist es, als würde er es schon kennen.

Kleine und große Farbflächen bewegen sich durcheinander, sie jagen sich, sie scheinen fast zu stolpern vor Ungeduld. Würfel aus Gelb, Rot, Blau tanzen mit Weiß, mit Grau auf Musik, nein, sie *sind* Musik, sie kommen auf ihn zu und weichen zurück, als bewegten sie sich gemeinsam in einem komplizierten Tanz. Alles verändert sich, während er es betrachtet, und doch ist es, als hätte jedes Teil seinen eigenen Platz, als würde kein einziger Würfel die Orientierung verlieren. Welche Richtung sein Blick auch einschlägt, alles passt zusammen.

Es ist, als würde das Bild eine Tür öffnen, denkt Linus. Als würde es einen hineinziehen, durchschütteln und im hohen Bogen in die Welt zurückschleudern, die plötzlich ein ganz klein wenig anders aussieht.

Gefällt's dir?

Mühelos kann er sich Mister Orange neben dem Bild vorstellen, den Kopf ein wenig zur Seite geneigt, das unsichtbare Lächeln im Mundwinkel. Linus geht noch einen Schritt näher heran.

Jetzt erst sieht er überall auf der Leinwand bunte Stückchen Kle-

beband. Je länger er schaut, desto mehr entdeckt er: kleine Tapestreifen, die über die Farbe geklebt wurden. Die meisten sehr sorgfältig, aber manche ein wenig schludrig, als hätte Mister Orange es während der Arbeit plötzlich eilig gehabt.
Linus muss an die bunten Flächen denken, an die zahllosen Nagellöchlein drumherum. *Es ist ein Suchen … ein bisschen wie bei einem Puzzle …* Er kann nichts dafür, er muss lachen. Ein Aufseher schaut sich nach ihm um. Linus reibt sich mit den Händen über die Wangen, um seine Gesichtszüge wieder in den Griff zu bekommen.
Es ist, als wäre Mister Orange gerade noch hier gewesen, denkt er. Als hätte er gerade eben mit den Klebebandstückchen an der Leinwand herumgepuzzelt, ganz vertieft in seine Arbeit. Als wäre er nur kurz weggegangen, vielleicht weil es gerade an der Tür geklingelt hat. Jemand, der eine Kiste Apfelsinen bringt. *Linus! Komm rein. Ich habe schon auf dich gewartet …*
Sein Blick fällt auf ein Schildchen an der Wand neben dem Bild. *Victory Boogie Woogie.* Linus lächelt, als er den Titel liest.
V for Victory … in Gedanken sieht er Mister Orange wieder eine Faust mit zwei ausgestreckten Fingern machen.
In den letzten Monaten kommen immer mehr Berichte, dass der Krieg in Europa nicht mehr lange dauern wird. Mister Orange hatte an diesem Bild gearbeitet, als der Krieg noch in vollem Gang war, und doch war er auf dem Bild längst vorbei. So viel Vertrauen hatte er in den Sieg gehabt. Wie Apke, denkt Linus.

Apke, der im letzten Jahr aus dem Krieg nach Hause gekommen und sofort wieder zurückgekehrt ist, kaum dass er einigermaßen gesund war.

Plötzlich muss er an Mister Super denken. Seltsam, das ist Ewigkeiten her. Warum er jetzt, in einem so vornehmen Museum wie diesem denken muss an so eine, so eine …

»… so eine Fantasie, mit der man den Krieg nicht gewinnen kann?«

Linus dreht den Kopf zur Seite. Mister Super lehnt mit dem Rücken an der Wand, die muskulösen Arme verschränkt. Er drückt sich von der Wand ab und stellt sich neben Linus.

»Der Mann verstand wirklich was von Farben.« Er hakt seine Daumen in den Gürtel und streckt die Brust raus. Kein Wunder, dass du an mich denken musst.« Er rückt seinen Helm ein Stück nach hinten und beugt sich vor. Viel zu nah am Bild, denkt Linus besorgt: Seine Nase klebt ja fast dran.

»Ich habe übrigens das Gefühl, dass ich das irgendwoher kenne.« Mister Super tippt nachdenklich mit dem Zeigefinger an das Glas vor der Leinwand. Linus sieht sich erschrocken um, aber sonst hat keiner etwas gemerkt.

»Es ähnelt der Stadt, wenn ich über sie hinwegfliege.« Das Gesicht von Mister Super heitert sich auf. »So sehen die Gebäude von oben aus und die Straßen mit den Reihen von Autos, die sich an den Ecken kreuzen …« Er dreht sein Ohr zur Leinwand. »Ich kann sie fast hupen hören.«

Linus muss schon wieder lachen. Er kann es nicht anders sagen: Es ist schön, Mister Super zu sehen. Er öffnet den Mund, um etwas zu sagen, als draußen auf der Straße ein Knall zu hören ist und dann ein Hupen. Ein paar Besucher eilen zu den Fenstern.

»Das klingt wie eine Aufgabe für mich.« Mister Super reibt sich die Hände. Er rückt den Helm gerade und schlägt die Hacken zusammen, damit der Dampf entweicht. Dann schießt er hoch. Er ist schon im Nichts verschwunden, bevor Linus etwas sagen kann. Einen Augenblick glaubt er, noch ein Dampfwölkchen hängen zu sehen.

Ich habe Mister Orange gar nicht verloren, denkt Linus. Er dreht sich wieder zu dem Bild um. Alles, was er noch von ihm weiß, steckt hier drin. Er findet die ganze Welt von Mister Orange in dem Bild wieder.

Ich habe endlich Boogie-Woogie hineinbekommen!

Ist diese Musik jetzt echt oder nur in seinem Kopf? Es ist egal. Es ist die Musik, von der er nur Teile behalten kann und die doch so swingt, dass seine Füße mitklopfen. Seine Wangen beginnen zu glühen. Plötzlich kann er nicht mehr stillstehen. Seine Beine schwingen mit, dann springt es auf seine Arme über.

Der Aufseher ist nirgends zu entdecken.

Zwei Damen, die vor dem nächsten Bild stehen, schauen zu ihm hinüber. Eine von ihnen zieht den Mund zu einem schmalen Strich zusammen. Sie dreht sich um und geht weiter. Die andere hebt neugierig die Augenbrauen. Sie trägt ein Kleid in genau dem richtigen Blau. Dem Blau von Mister Orange.

Sie schaut ihm kurz zu, bevor sie sich abwendet und ihrer Freundin folgt. Linus sieht, wie sie beim Gehen ein paar Tanzschritte macht. Sie schaut über die Schulter zu ihm und lacht. Sie tanzt genau zu dem Takt in seinem Kopf. Oder vielleicht steckt die Musik doch nicht nur in seinem Kopf ...

Stillhalten, die Hüften!

Linus lässt die Füße wirbeln und erwidert das Lachen.

Boogie-Woogie
in New York

Piet Mondrian (1872 – 1944) war immer auf der Suche nach einer neuen Art zu malen. Anstatt das nachzumalen, was es schon gab, begann er, Bilder zu malen, die mit nichts Ähnlichkeit hatten, nur mit sich selbst. Formen, Farben, Rhythmus – all diese Dinge versuchte er, miteinander in Einklang zu bringen, ohne dass es langweilig wurde. Es musste Leben darin stecken! Er wollte beim Betrachter seiner Bilder starke Gefühle auslösen, so wie das auch beim Hören von Musik der Fall sein kann.
Mondrian probierte alles Mögliche aus. Nach einiger Zeit benutzte er nur noch die Primärfarben: Rot, Gelb und Blau. Die Linien, die er malte, mussten immer horizontal oder vertikal verlaufen. Er dachte sich noch viel mehr Regeln aus, die ihm bei der Suche nach der neuen Malerei halfen. Aber wenn ihm seine eigenen Regeln im Weg standen, änderte er sie einfach wieder ab.
Mondrians Bilder sind in der ganzen Welt berühmt geworden. Sein Werk hat viele Menschen auf neue Ideen gebracht und noch immer kommen Menschen aus der ganzen Welt, um die Bilder anzuschauen.

Leben in New York

Mondrian, der ursprünglich Mondriaan hieß, stammte aus den Niederlanden, aber er wohnte und arbeitete einen großen Teil seines Lebens im Ausland. Er wollte in einer Weltstadt leben, denn dort lag die Zukunft. Als er nach Paris ging, nahm er ein »a« aus seinem Namen, damit man ihn dort besser aussprechen konnte.

Während des Zweiten Weltkriegs verließ er Europa und ließ sich in New York nieder. Da war er schon fast siebzig Jahre alt. Und doch begann er in Amerika wieder ganz von vorn. Das fand er nicht schlimm, denn er liebte Neues. Vor allem in seiner Arbeit.

In New York lebte Mondrian richtig auf. Er fühlte sich der Zukunft noch näher und bekam dort so viel neue Energie, dass er die schönsten Bilder malte – anders als alles, was er zuvor gemalt hatte. Am liebsten arbeitete er allein in seinem Atelier, aber er ließ sich auch gern von seinen Freunden in Musikkneipen mitnehmen, in denen er zur neusten Boogie-Woogie-Musik tanzte. Den Rhythmus dieser Musik versuchte er auch in seine Bilder zu bekommen. »Es muss mehr Boogie-Woogie in meine Bilder«, sagte er dann.

Weil sich sein Werk in Amerika besser verkaufte, konnte er in ein großes Atelier an der 59th Street in der Nähe des Central Park umziehen. Sein neues Atelier war für ihn das schönste, das er je gehabt hatte. Wie immer, wenn er umzog, strich er die Wände weiß und hängte überall rot, gelb und blau bemalte Kartonstücke auf. Mit Stecknadeln oder kleinen Nägeln, damit er sie leichter wieder umhängen konnte, denn er suchte immer weiter nach dem bestmöglichen Gleichgewicht. Fast all seine Möbel zimmerte er selbst, auch den Küchentisch und die Apfelsinenkistenschränkchen aus der Geschichte. Nicht, weil er keine Möbel bezahlen konnte, sondern weil er fand, dass sie so besser in seine Umgebung passten.

Victory Boogie Woogie

In seinem neuen Atelier arbeitete Mondrian nur noch an einem einzigen Bild. Er war schon über ein Jahr damit beschäftigt und jetzt wollte er es schnell beenden, denn er hatte schon ein neues Bild im Kopf. »Größer und viel besser«, sagte er zu seinen Besuchern. Aber erst musste *Victory Boogie Woogie* fertig werden. Er arbeitete täglich daran, oft bis tief in die Nacht. Am liebsten ließ er dazu die neuste Boogie-Woogie-Musik schön laut auf seinem Plattenspieler laufen.

In den USA hatte Mondrian noch etwas entdeckt: buntes Klebeband. Damit konnte man Ideen viel leichter ausprobieren. Um zu schauen, wie etwas aussah, klebte er Tapestückchen auf das Bild. Wenn alles genau so war, wie er es haben wollte, brauchte er nur noch das bunte Klebeband durch Farbe zu ersetzen. Nur: Wenn er das getan hatte, konnte er es doch nicht lassen, noch etwas anderes auszuprobieren, und schon bald war das Bild wieder voller

neuer Klebebandstreifen. So wie er immerzu die Farbflächen an der Wand veränderte, suchte er auch beim Malen weiter. Er wollte einfach das allerbeste Bild machen, das möglich war.
Sogar als er krank wurde, arbeitete Mondrian noch im Pyjama weiter, fiebrig von der Lungenentzündung, so lange, bis er ins Krankenhaus musste. Dort starb er am 1. Februar 1944. In seinem Atelier stand das Bild. Ganz voll mit neuen Tapestückchen, die er in den letzten Tagen daraufgeklebt hatte.

Alles bewegt sich

Man findet in einem Museum nicht oft ein Bild, das nicht fertig und doch so berühmt wurde. Mit *Victory Boogie Woogie* wollte Mondrian uns einen Blick in die Zukunft werfen lassen. Die Zukunft, wie er sie vor sich sah. An den vielen Klebebandstreifen kann man seine Sehnsucht und seine Ungeduld erkennen.
Weil das Bild nicht fertig ist, scheint es, als hätte man die Zeit für einen Moment angehalten. Als schaue man zugleich in die Vergangenheit und in die Zukunft. Mondrians Zukunft ist unsere Vergangenheit geworden.
Und doch … doch scheint sich das Bild auch zu bewegen. Es steckt so viel Leben darin, dass es die Menschen noch nach all dieser Zeit berührt.

Vorstellungskraft

Wie sähe *Victory Boogie Woogie* aus, wenn Mondrian das Bild hätte fertigstellen können? Genau wie jetzt, nur mit Farbe statt der Klebebandstreifen – oder hätte er vielleicht doch alles wieder verändert …?

Und das neue Bild, das er im Kopf hatte?

Das würde natürlich wieder nichts anderem ähnlich sehen; es ist gut möglich, dass Mondrian sich nicht um seine eigenen Regeln geschert hätte. Die schwebenden Farbflächen hätten bestimmt wieder eine Rolle darin gespielt. Aber um sich vorzustellen, wie das Bild hätte aussehen können, muss man seine eigene Vorstellungskraft nutzen.

PS: Über Superhelden und Zeichentrickfilme

Superman trat 1938 zum ersten Mal als amerikanischer Comic-Held in Erscheinung. Seine Erfinder waren zwei ehemalige Schulfreunde, Jerry Siegel und Joe Shuster. Für seinen Anzug wählten sie die Primärfarben Rot, Gelb und Blau, »weil das die kräftigsten Farben waren, die wir uns vorstellen konnten.«

Während des Zweiten Weltkriegs wurden diese Comics unter den Soldaten an der Front verteilt. Die Geschichten drehten sich in dieser Zeit häufig darum, wie Superman dabei half, den Feind zu schlagen. Der Superheld wurde unglaublich bekannt, es gab Radiosendungen und schon bald wurden auch Zeichentrickfilme über ihn gemacht. Auch andere amerikanische Superhelden wie *Captain America* und *Wonder Woman* waren enorm beliebt in dieser Zeit. Die Leute lasen gern Geschichten über Helden, die »auf der richtigen Seite« standen und das Böse überwanden.

Ob Mondrian Superman gekannt hat? Ein Zeichentrickfilm aus dieser Zeit, den er auf jeden Fall kannte, war »Schneewittchen und die Sieben Zwerge« von Walt Disney. Mondrian fand ihn genial; in Briefen an seinen Bruder Carel nannte er sich selbst *Sleepy* (Schlafmütze) und seinen Bruder *Sneezy* (Hatschi), nach den Zwergen. Zeichentrickfilme waren damals noch ganz neu und schon allein deswegen war Mondrian sehr neugierig darauf. Dass Superman in die Weltstadt Metropolis gehört, die auf jeden Fall an New York erinnert, hätte Mondrian bestimmt schön gefunden. Das – und natürlich seinen Anzug, wegen der Farben. Weil sie stärker sind als alle anderen.

Wer Bilder von Piet Mondrian ansehen möchte

Das Museum, in dem Linus *Victory Boogie Woogie* sieht, ist das Museum of Modern Art (MoMA) in New York. Im März 1945 gab es dort eine Ausstellung zum Gedenken an Mondrian und sein Werk.

Im MoMA kann man noch immer Arbeiten von Piet Mondrian sehen, aber *Victory Boogie Woogie* hängt nun in den Niederlanden im Gemeentemuseum Den Haag (Gemeindemuseum Den

Haag). Dort kann man das Bild mit allen Klebebandstreifen aus der Nähe betrachten.

Auch Museen im deutschsprachigen Raum haben Bilder von Piet Mondrian in ihrer Sammlung. Hier eine Auswahl:

Deutschland:
Kunstsammlung Nordrhein-Westfalen, Düsseldorf
Museum Folkwang, Essen
Museum für Angewandte Kunst (MAKK), Köln
Staatsgalerie Stuttgart
Wilhelm-Hack-Museum, Ludwigshafen am Rhein

Österreich:
Museum Moderner Kunst (MUMOK), Wien

Schweiz:
Fondation Beyeler, Basel
Kunstmuseum Basel
Kunstmuseum Winterthur
Kunsthaus Zürich

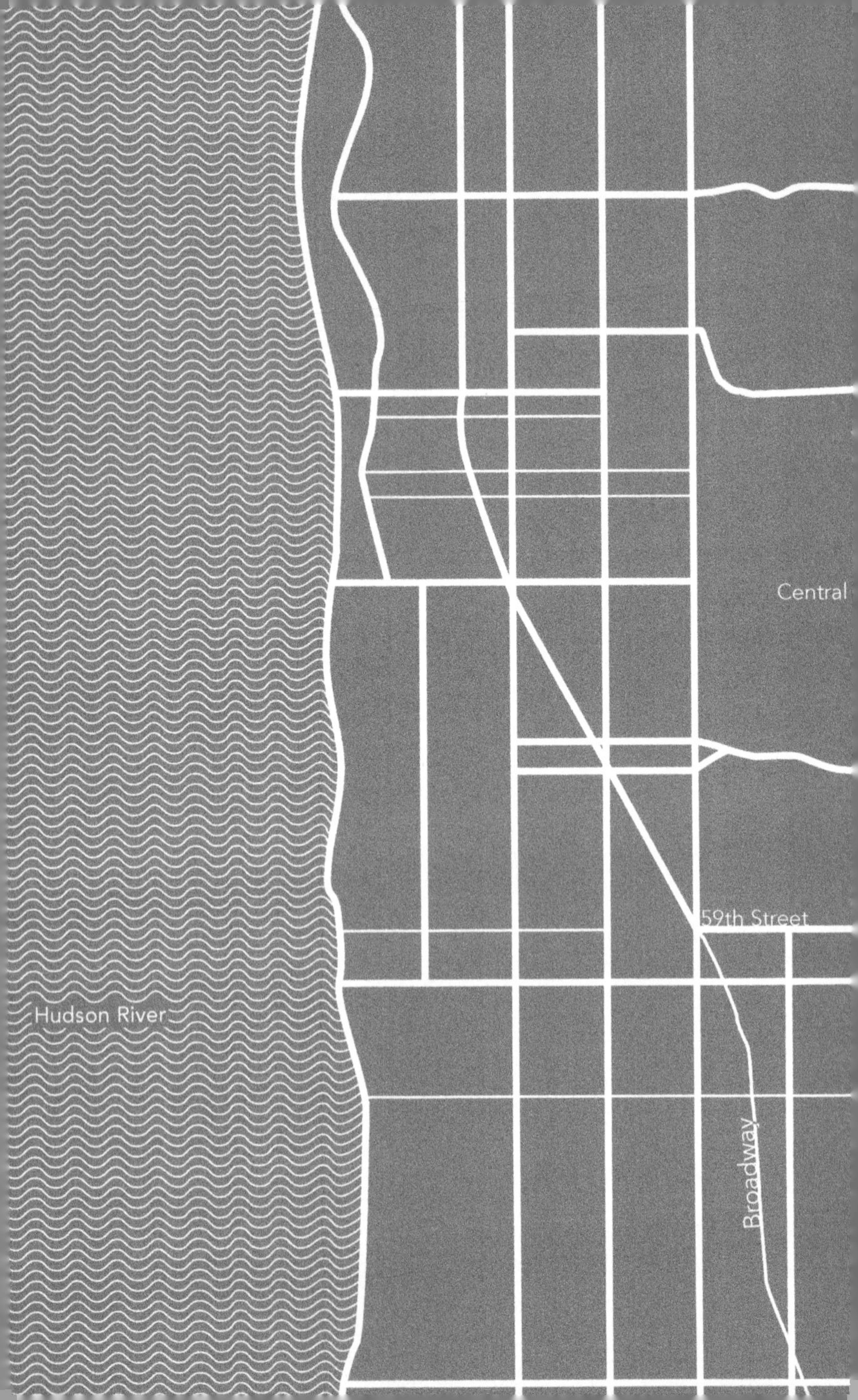
Central
59th Street
Hudson River
Broadway

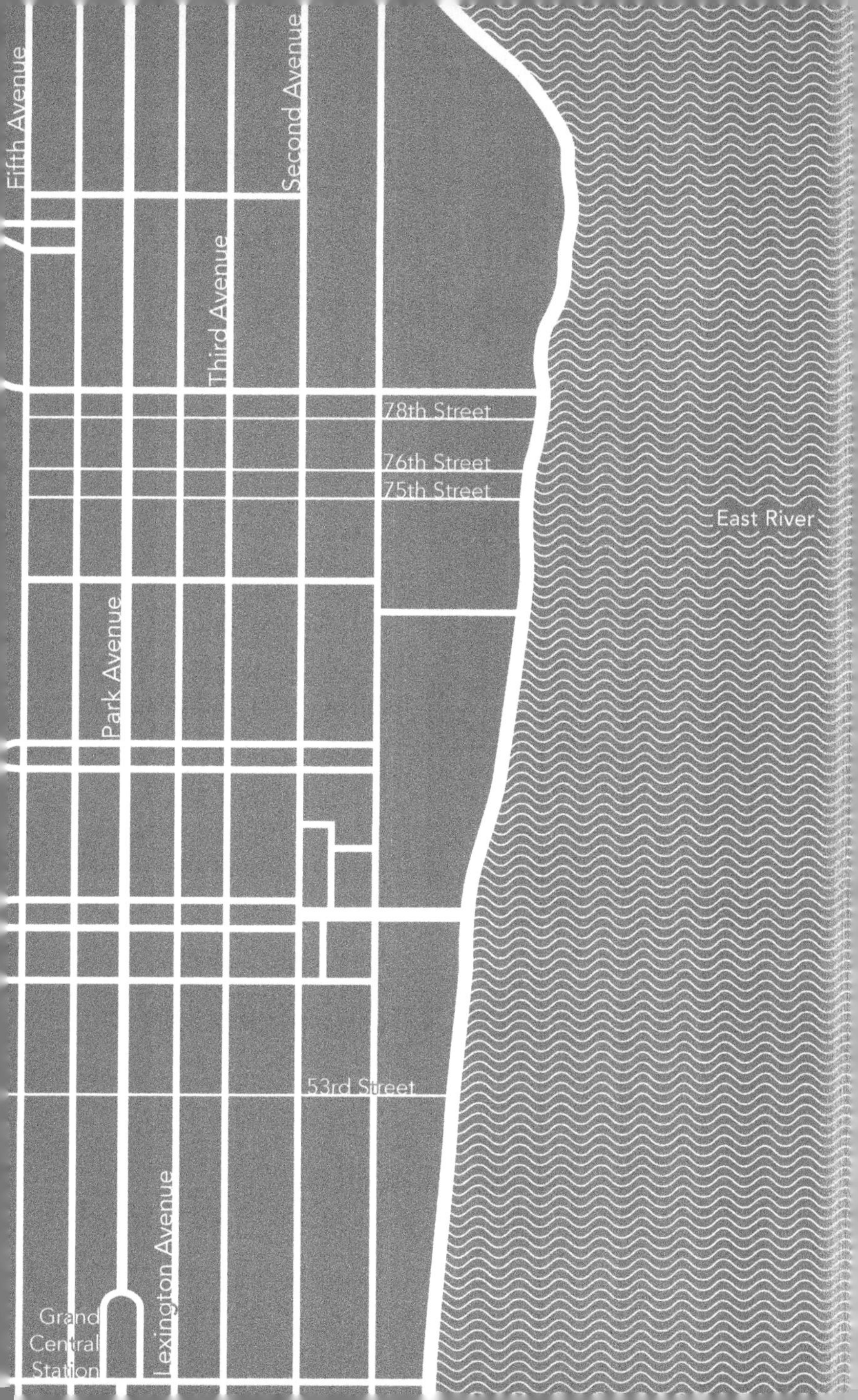
Fifth Avenue
Second Avenue
Third Avenue
78th Street
76th Street
75th Street
East River
Park Avenue
53rd Street
Lexington Avenue
Grand
Central
Station